Côme et Luana

De la même autrice

On l'appelait Céleste
Autopsie d'un naufrage

Francesca MORA

Côme et Luana

Roman

En application de l'art. L.137-2.-I. du code de la propriété intellectuelle, toute reproduction et/ou divulgation de parties de l'oeuvre dépassant le volume prévu par la loi est expressément interdite.

© 2024, Francesca Mora

Couverture : Per Se
Photo de Tolga Ahmetler sur Unsplash.com - Image libre de droits

Édition : BoD · Books on Demand,
31 avenue Saint-Rémy, 57600 Forbach, bod@bod.fr

Impression : Libri Plureos GmbH,
Friedensallee 273, 22763 Hambourg (Allemagne)

ISBN : 978-2-3224-7803-3

Dépôt légal : Octobre 2024

Seconde édition 2026

> *« Ce qui a été cru par tous, et toujours et partout,*
> *a toutes les chances d'être faux »*
> Paul Valéry, Tel quel, Gallimard 1941

Chapitre 1 - L'approche

12 mai 2014,

Côme dispose minutieusement ses produits sur le stand, tapenade, terrines d'aubergines, fromage de chèvres qu'il produit lui-même, il est encore très tôt, les premiers badauds viennent d'arriver, pas forcément des clients, juste des curieux comme il en existe dans des petites communes où le marché demeure encore la principale attraction.

Il jette un regard à l'horloge de la mairie pour voir s'il dispose encore d'un peu de temps pour prendre un café bien serré avant que les premiers clients ne l'interpellent, en général ce sont des habitués qui apprécient la qualité de ses produits et puis les touristes déjà nombreux en cette saison.

Côme s'installe en terrasse, de là il a une vue imprenable sur la place, si un client s'attarde il aura tout le loisir de se lever pour le servir, il ne pourra pas la rater non plus, il n'en n'a pas dormi de la nuit et pour cause ce matin il a la ferme intention de l'inviter à dîner. Il ne se fait guère d'illusions, elle déclinera probablement, qu'importe il faut qu'il le fasse quel qu'en soit la réponse, il n'a que trop hésité.

La place de la Victoire se remplit petit à petit, habitués et curieux se fraient un passage parmi la foule dans une ambiance bon enfant, un marché de Provence où se mêlent senteurs, odeurs et couleurs comme dans la chanson de Bécaud.

Côme est retourné à son étal, déjà deux heures qu'il a installé sa marchandise et que les clients se succèdent, tous l'observent à la dérobée et chuchotent entre eux, le commerçant n'est pas dans son état normal, distrait, tout juste poli.

12 heures, la place se vide peu à peu, les forains commencent à débarrasser leurs stands, quelques clients s'attardent dans les allées, le ciel s'obscurcit comme le moral de Côme il a pourtant fait si beau jusqu'à 11 heures, l'homme le visage fermé ne daigne pas répondre aux boutades habituelles de ses collègues, il est ailleurs, une question tourne en boucle dans sa tête, obsédante comme une litanie :

— Pourquoi n'est-elle pas venue ce matin ?

Un jean tout neuf, une belle chemise, des mocassins chics qui lui font mal aux pieds, tous ces efforts pour rien, il jette plus que ce qu'il ne range son matériel dans son fourgon.

Une idée lui traverse l'esprit alors qu'il s'efforce de se calmer un peu, elle est peut-être souffrante il l'a entendue évoquer à mi-mots avec une cliente des soucis de santé la semaine dernière, il a eu beau tendre l'oreille ce jour-là il n'a pas pu comprendre de quoi il s'agissait, il a toutefois compris que c'était lourd à vivre, il s'est traité d'imbécile, lui qui avait cru bon de plaisanter quelques jours auparavant sur sa béquille, il croyait son handicap passager, un vrai crétin quand il y songe. Alban son pote d'enfance, forain a cru entendu dire qu'elle avait une maladie. Depuis Côme perd le sommeil et un peu l'appétit aussi, quoique les rumeurs dans les villages, on sait ce qu'elles valent.

Il s'est renseigné, l'objet de ses pensées demeure à deux rues du marché non loin de la place de la Victoire, une petite rue parallèle à la rue Foch, Dominique l'épouse de Gaetano le pizzaiolo de la place tient l'unique boutique de fleurs du village, lorsque cette dernière a confié avec des mines de conspiratrices avoir fait livrer le panier de roses jaunes le plus cher de son magasin à la nouvelle, celle qui habite la maison des frères Ferrera, Côme qui déjeunait ce jour-là dans le restaurant a fait mine de ne pas entendre mais ça l'a profondément déprimé, un amoureux évidemment, qui d'autre pourrait lui envoyer ce type de fleurs, c'est très symbolique, il n'a pas pris de dessert ce jour-là et s'est réfugié sous le figuier du jardin pour y griller cigarette sur cigarette.

Depuis plusieurs mois il ne vit que dans l'attente de la voir, un regard, quelques phrases banales et le voilà heureux comme un adolescent, il ne peut s'empêcher de se traiter d'idiot mais rien n'y fait.

Et aujourd'hui il prend conscience du ridicule de la chose, il ne sait rien d'elle hormis quelques brefs échanges très impersonnels.

Côme s'est confié à Sabrina l'épouse d'Alban, elle l'a pris très au sérieux, il n'est guère plus âgé que son propre fils Jean parti vivre au Canada, elle l'a porté à bout de bras avec Alban lorsqu'il a voulu mettre fin à ses jours après l'épisode Valéria, elle a depuis ce jour tissé un lien spécial avec lui et s'efforce de le protéger du mieux qu'elle le peut.

Alban à contrario n'a rien compris, se mettre dans des états pareils pour une nana mignonne certes mais plutôt maigrichonne, pas son genre lui les rousses anorexiques, son type c'est son épouse Sabrina, brune, bien en chair, une vraie femme comme il se plaît à le répéter.

Sabrina l'a soigneusement observé la rouquine, jolie fille, une silhouette de mannequin qu'elle lui envie, le vocabulaire et les tournures de phrases qu'elle utilise dès qu'elle ouvre la bouche ont de quoi en charmer plus d'un.

Elle s'est discrètement renseignée sur elle, la jeune femme se rend tous les jeudis au salon de coiffure de la place de la Victoire, c'est Ophélie sa cousine qui le tient, celle-ci n'est pas avare de confidences et s'est épanchée sur la nouvelle sans se faire prier, selon ses dires elle arriverait de Croatie où elle vivait depuis près de 20 ans.

— Une Croate s'est exclamée Sabrina ?

— Pas du tout a répondu Ophélie sur le ton de la confidence, une Marseillaise, elle s'était installée à Zagreb, elle est veuve enfin je crois, mais bon celle-là ce n'est pas le genre à s'étendre.

Sabrina n'a pas insisté. Elle en a parlé Alban, ça ne l'a pas plus intéressé que ça, il a choisi de le taire à son pote, ça finira bien par lui passer cette lubie.

Il s'apprête à démarrer lorsqu'une idée lui traverse l'esprit, s'il allait faire un tour dans la rue de son inconnue, passer sous ses fenêtres discrètement pour voir si les volets sont ouverts et peut-être l'apercevoir, avec un peu de chance.

Côme est assis dans son utilitaire, il hésite encore à quitter la place qui s'est peu à peu désertée, mû par une impulsion il s'extirpe du véhicule et se dirige d'un pas hésitant vers la rue de la République.

Sa maison est située tout en haut de la rue, entre la caisse d'épargne et la Poste, combien de fois s'est-il arrêté en voiture faisant mine de chercher quelque chose, d'attendre quelqu'un en espérant la voir sortir, aujourd'hui c'est à pied qu'il s'y rend. Ses chances de l'apercevoir sont si faibles qu'il est persuadé qu'il retournera bredouille à son véhicule.

Il s'appuie un court instant contre un mur et allume une cigarette histoire de se donner une contenance, d'où il se trouve il aperçoit la maison de son inconnue, sur trois étages elle se dresse devant lui comme le symbole d'une forteresse interdite, il est tout près maintenant il fait mine de chercher quelque chose dans ses poches à l'approche d'un groupe de jeunes qui rient et parlent fort et qui le dévisagent avec étonnement.

Il fait mine de ne pas les voir, après tout ce que pensent de lui des gamins n'a aucune importance, il en a vu d'autres dans la vie, il lui en faudrait plus pour le perturber, tout ce qui compte c'est son inconnue et pour cela il est prêt à attendre et attendre encore jusqu'à ce qu'elle apparaisse. La fenêtre du premier étage a la vitre entrouverte, elle est probablement à l'intérieur, les minutes s'écoulent sans que rien ne se passe, la rue est déserte il a des crampes dans les jambes et les frotte nerveusement pour les dégourdir lorsqu'un couple passe en se tenant par la main, il leur jette un regard sombre, interloquée la femme esquisse une sorte de grimace moqueuse, il détourne son regard, elle ressemble un peu trop à Valéria, le souvenir de son ancienne amoureuse le saisit à la gorge et lui fait peu à peu reprendre la raison, qu'attend-il d'une inconnue qui ne lui a jamais prêté attention. Il est comme dégrisé, revenu à la réalité, il s'apprête à faire demi-tour lorsque contre toute attente la porte en chêne s'ouvre en grinçant laissant apparaître la jeune femme.

Prudente, elle se déplace à petits pas en poussant un déambulateur à roulettes qui semble trop lourd pour elle et qu'elle cale contre le mur de la porte, une impressionnante poubelle posée en équilibre sur le devant du siège menaçant de tomber.

Côme n'a hésité que quelques secondes, la voilà qui surgit pile au moment où il ne s'y attendait plus, l'occasion est trop belle, elle ne se représentera peut-être plus, il se précipite de l'autre côté de la rue et fait mine de longer le trottoir pour arriver jusqu'à sa hauteur

Elle a tourné la tête vers lui et le regarde monter la rue une expression indéchiffrable sur son visage triste, ça le déconcerte un peu et manque de lui faire perdre tous ses moyens mais il se ressaisit très vite et d'une voix qu'il espère assurée lui propose de la décharger de l'encombrante poubelle.

Elle acquiesce après quelques secondes d'hésitation puis la lui tend sans plus de cérémonies, il s'apprête à bredouiller quelque chose mais se fige dans son élan car la jeune femme est rentrée à l'intérieur et appelle :

— Tanguy, Tanguy.

Côme par l'entrebâillement de la porte voit débouler dans l'escalier un superbe husky de taille impressionnante, le chien excité s'est rué sur le trottoir, sa maîtresse n'arrive pas à le rattraper, il s'y colle et le maintient le temps qu'elle lui passe une laisse autour du cou. « C'est l'heure de sa promenade, murmure-t-elle gênée, il ne tient plus ! »

Côme hésite, s'il la laisse partir, il ne sait quand il la reverra, le destin lui fait un signe, pas question de passer à côté.

— Attendez-moi, j'en ai pour une minute le temps de me rendre à la benne et je vous accompagne si vous voulez.

Il s'attend à un refus, s'immobilise inquiet, elle va probablement décliner son offre et anéantir ses espoirs en quelques secondes pas de doutes

— D'accord, allez-y nous vous attendons mais faites vite, je crains que Tanguy n'ait pas l'élégance de se retenir.

Il accélère le pas, s'il pouvait il volerait pour revenir plus vite vers elle, la chance est en train de lui sourire.

Il court plus qu'il ne marche au retour, la jeune femme a pendant ce temps récupéré le déambulateur sur lequel elle s'appuie pour ne pas tomber, Côme est impressionné par son courage, elle a attaché le chien sur le côté de l'engin, l'animal docile commence à descendre la rue, Côme propose de le mettre en laisse et de le tenir, elle hésite, ne veut pas qu'il se sente obligé, elle est habituée à se débrouiller seule de toute manière.

Il lui rétorque que ce n'est pas un problème, bien au contraire car il adore les chiens avec lesquels il a généralement un bon contact. Elle semble encore hésiter le fixant un peu sceptique, il se demande s'il n'en fait pas un peu trop, pourvu qu'elle ne se méprenne pas sur ses intentions. Tanguy s'impatiente et pousse de petits gémissements, il n'en peut plus lui de la valse-hésitation de sa maîtresse et de l'inconnu, il tire sur sa laisse en regardant dans la direction du parc, enfin ils se décident Côme qui ouvre la marche et Luana qui, ralentie par le déambulateur, les suit à distance.

Il se retourne de temps en temps pour voir si elle s'en sort, s'il ne tenait qu'à lui il marcherait juste à côté d'elle mais Tanguy ne l'entend pas ainsi, il accélère le pas. Arrivés à l'entrée du Parc il s'arrête prêt à retirer sa laisse au husky qui piaffe d'impatience, il esquisse un geste en direction de sa maîtresse pour indiquer qu'il va détacher l'animal, elle acquiesce par un hochement de tête.

Ils marchent silencieusement le long du chemin tout en surveillant Tanguy, le chien gambade dans l'herbe sans plus se soucier d'eux. Au détour d'un sentier une des roues du déambulateur se bloque, la jeune femme vacille sur le côté, Côme la retient fermement par la taille juste avant qu'elle n'atterrisse in extremis sur le sol. La proximité soudaine avec l'objet de ses pensées le fait défaillir, il est tout près d'elle, son parfum, mélange de rose, de chèvrefeuille et d'autres fragrances qu'il n'arrive pas identifier lui tourne la tête, ses longs cheveux roux qu'elle porte libre sur ses épaules lui frôlent la joue.

C'est elle qui se ressaisit la première, le visage en feu elle le remercie tout en se dégageant avec douceur. Ils ont perdu de vue Tanguy, ils l'aperçoivent couché au bord du petit lac en contrebas du parc. Côme propose de faire une halte sur l'un des bancs, ils sont tous libres à cette heure-ci, il s'attend à ce qu'elle décline sa proposition, elle accepte sans hésiter. Ils sont maintenant assis au bord de l'eau, le chien couché à leurs pieds, comme un couple qu'ils ne sont pas, constate l'homme à regret, cette idée lui donne le courage de se lancer, d'en savoir un peu plus, le sujet est tout trouvé, Tanguy. Elle ne se fait pas prier pour narrer des anecdotes à son sujet. Côme se surprend à rire il n'imaginait pas les huskys aussi facétieux, il se risque à lui dire son prénom, elle lui donne le sien, il se le répète dans sa tête, Luana c'est original et si féminin, il n'a jamais rencontré de Luana, des Elodie, des Caroline, une Valéria surtout, il la chasse de son esprit, pas question qu'elle s'immisce encore dans ses pensées celle-là !

Une heure s'est écoulée, ils n'ont pas cessé de discuter de tout et de rien, Côme est heureux, que ça lui semble indécent, il s'emballe toujours un peu trop vite, c'est une des composantes de sa maladie lui ont expliqué les psychiatres consultés. lorsque le diagnostic a été posé, le mot l'a fait sursauter, bipolaire, il n'avait jamais entendu ce terme auparavant, il s'est documenté, on trouve tout aujourd'hui sur internet, ce qu'il en a lu l'a conforté dans le diagnostic posé, c'est vrai qu'il se sent différent des autres garçons et ça depuis l'adolescence, hypersensible, écorché vif, se mettant vite en colère, ne parvenant pas à canaliser le trop plein d'émotions qui le submergent, souvent le souffre-douleur de ses camarades jusqu'à ce qu'il explose de colère.

Tanguy lèche les mains de sa maîtresse, c'est sa manière à lui de signifier qu'il en a assez, Luana comprend le message, le husky s'est beaucoup dépensé et le soleil tape fort, il a visiblement très soif, il est temps de rentrer, Côme remet la laisse autour du cou de l'animal qui le laisse faire, ça étonne sa maîtresse, Tanguy ne s'est jamais comporté ainsi avec les inconnus, Côme avoue qu'il a un faible pour les chiens, il en a deux chez lui, un labrador et un berger belge, Luana a les yeux qui brillent soudainement, elle aimerait bien les rencontrer, comment s'appellent-ils ? Et qui sait, peut-être pourraient-ils devenir des compagnons de jeu pour Tanguy. Côme n'ose y croire, c'est trop beau pour être vrai, il ne s'attendait pas à cette réaction, le prétexte pour la revoir lui est déroulé sur un tapis rouge, pour un peu il l'embrasserait d'autant plus qu'il en meurt d'envie, mais il se retient, c'est un garçon respectueux, ses anciennes compagnes peuvent en témoigner, même celle qui lui a tant fait de mal et dont la seule évocation le ferait pleurer.

Ils prennent le chemin du retour bien plus détendus qu'à l'aller, des regards étonnés les suivent ici et là au gré de leurs rencontres, c'est fou ce qu'il y a de monde soudainement dans les ruelles du village, Côme aperçoit Sabrina en grande discussion avec deux autres femmes devant le centre médical alors qu'ils longent le parking attenant, il fait des vœux silencieux pour qu'elle ne les voit pas et tente de contourner les voitures, peine perdue Sabrina les a vu et s'est figé en les apercevant, elle lui fait un petit signe si discret qu'il se demande s'il ne l'a pas imaginé.

Luana ne semble pas s'en être rendu compte, ils sont arrivés devant la porte de son domicile, peut-être va-t-elle lui proposer d'entrer, il la regarde glisser la clé dans la serrure sans mot dire, il espère encore sans y croire, la jeune femme semble très fatiguée, il a détaché la laisse de Tanguy qui sans plus attendre s'est rué à l'intérieur, elle se retourne vers lui, un large sourire aux lèvres le remercie pour ce qu'elle qualifie de parenthèse enchantée, il ne trouve rien à lui répondre, il se contente de la regarder intensément sans plus oser parler, il se ressaisit au moment où elle s'apprête à refermer la porte sur elle, il lui tend une de ses cartes de visite qu'il a extraits de son portefeuille, son numéro de téléphone y figure, il bégaie qu'elle peut le joindre si elle a besoin de quoi que ce soit, elle saisit le petit carton, le glisse dans la poche de son jean et lui offrant son plus beau sourire s'engouffre à l'intérieur de la maison, la porte s'est refermée.

Il ne touche plus terre lorsqu'il retourne à son véhicule, il ne s'est jamais senti aussi heureux, il n'est même pas étonné lorsqu'il aperçoit Sabrina, qui appuyée contre la portière avant semble l'attendre.

Il fait le choix de parler le premier pour évoquer le hasard qui lui a donné un coup de pouce et qui lui a permis de faire enfin plus ample connaissance avec la jeune femme. Côme n'est pas du genre à s'étendre, il s'en tiendra là

Sabrina acquiesce, elle a l'intelligence de ne pas essayer d'en savoir plus, tout juste se permet-elle de lui répondre qu'elle est très contente pour lui et dissimule sous son sourire de bien légitimes interrogations sur le devenir de cette relation.

Chapitre 2 - L'univers de Côme

Il s'efforce de se concentrer sur la route mais ne peut s'empêcher de tourner la tête vers sa passagère comme pour s'assurer qu'il ne rêve pas, il pourrait frôler sa jambe s'il bougeait un peu la sienne, ce qu'il ne fera pas pour ne pas la gêner, il lui jette des regards à la dérobée, ne se lassant pas de la contempler d'autant plus qu'elle est particulièrement en beauté aujourd'hui. C'est la première fois qu'il la voit en robe, ça met joliment en valeur sa taille fine et ses longues jambes, un physique de mannequin, ils vont en faire une tête tous à la ferme lorsqu'ils vont la voir descendre du break.

Depuis quatre semaines Côme vient régulièrement sortir Tanguy, le chien lui fait désormais fête lorsqu'il le voit d'autant plus que la plupart du temps il emmène avec lui ses deux chiens, Sultan un jeune labrador et Ulysse un berger belge un peu plus âgé, Luana ne peut s'empêcher de s'inquiéter lorsqu'elle les regarde s'éloigner, elle doit pourtant se rendre à l'évidence les trois animaux s'entendent comme larrons en foire.

Un rituel s'est instauré, Côme récupère Tanguy dans le hall et le dépose au même endroit au retour de la promenade, la plupart du temps Luana les guette à la fenêtre du premier étage, il espère qu'elle l'invitera à monter un jour sans trop y croire et puis une idée a germé dans son esprit, il lui a susurré à mi-mots tout d'abord pour ne pas l'effaroucher et puis il y est allé sans détours, il l'a invitée à visiter sa ferme et les ateliers de production, là où il fabrique ses fromages de chèvre. Il s'attendait à un refus, elle a accepté avec un enthousiasme non dissimulé. Il a pris soin de prévenir Rose et Magali qu'il allait faire découvrir à une amie l'atelier de fabrication et qu'il comptait sur elles deux pour expliquer le fonctionnement à son invitée.

Ses deux employées ont eu du mal à cacher leur surprise, le patron ne mène jamais personne à l'atelier hormis les fournisseurs et parfois quelques enfants des écoles voisines qui visitent la ferme avec leurs enseignants. Magali a supposé qu'il s'agissait probablement de son amoureuse, Rose a répondu qu'elle espérait que ce soit le cas, elle a ajouté tout bas qu'il lui en faudrait une bien gentille pour faire oublier la Valéria, puis elles se sont tues en entendant arriver Julien qui n'oublie jamais de venir les saluer quand il passe contrôler les bêtes.

Ils sont en train de discuter tous les trois devant l'enclos des chèvres juste à côté du petit parking lorsqu'ils aperçoivent le break marron de Côme, tous trois se tournent instantanément vers lui, Julien émet une interrogation au sujet de la passagère, Magali et Rose esquissent un sourire sans lui répondre, il ne sait quoi en penser !

Tous trois retiennent leur souffle lorsqu'ils le voient faire le tour de la voiture et sortir un déambulateur du coffre qu'il prend soigneusement le temps de déplier.

La jeune femme à l'intérieur du véhicule les a vus elle aussi, elle ne s'attendait pas à un comité d'accueil, elle se recroqueville sur le siège du break quelque peu paniquée, elle n'a qu'une envie faire demi-tour, quelle erreur que d'avoir accepté d'accompagner Côme dont elle connaît si peu de choses au fond, cette réflexion la ramène 19 ans plus tôt, elle n'était alors qu'une toute jeune fille qui s'apprêtait à embarquer sur le vol Marseille -Zagreb pour rejoindre un homme.

Marseille, 4 juin 1995, Luana grimpe quatre à quatre les escaliers du métro, elle va finir par être en retard, elle essuie maladroitement une larme qui coule sur son visage, Béranger vient de rompre, il lui a avoué sans détours qu'il fréquentait une autre fille depuis plusieurs mois, le pire c'est qu'elle ne se doutait de rien, comment aurait-elle pu alors qu'elle venait de fêter ses 22 ans imaginer qu'il menait une double vie.

Béranger, c'était son tout premier amour, c'est lui qui l'avait abordée au campus la boite étudiante de la rue Fortia, Un coup de foudre réciproque, ils avaient tous deux 18 ans, quatre années de bonheur et de complicité les avaient tout naturellement emmenés à envisager un avenir commun, un projet d'appartement se profilait à l'horizon, Béranger venait de décrocher un poste d'assistant dentaire tandis que Luana terminait sa dernière année d'histoire de l'art.

Un immense chagrin mêlé d'incompréhension la saisit, elle n'a rien vu arriver, elle était sur un nuage.

Elle voudrait pouvoir faire demi-tour, se réfugier dans sa chambre chez ses parents pour donner libre cours à son chagrin. Elle ne peut pourtant pas faire faux bond à Elena, la directrice de l'association Terre de Croatie. Si la jeune femme est bénévole elle n'en est pas moins très investie c'est elle qui accueille les nouveaux arrivants, les aident à trouver un emploi, un logement, leur apprend le français, sa maîtrise de la langue croate l'a tout naturellement emmené à répondre à l'annonce passée dans la Presse régionale, celle-ci stipulait que les bénévoles recevraient à titre compensatoire des tickets restaurants et le remboursement de leurs frais de transport correspondant à leurs heures effectuées. Un seul entretien avait suffi pour devenir l'assistante d'Elena.

Trois autres bénévoles depuis étaient venus rejoindre les rangs de Terre de Croatie, Aymeric à la comptabilité, Mireille et Coraline deux étudiantes en droit international. Les larmes contenues coulent à nouveau sur ses joues, inenvisageable d'arriver ainsi dans les locaux de l'Association d'autant plus que les questions ne manqueraient pas de fuser. Elle court plus qu'elle ne marche vers son bar favori, Le Richelieu sur la place de la préfecture, Béranger lui donnait régulièrement rendez-vous dans ce lieu intime et chaleureux lorsqu'ils étaient encore étudiants. Elle a commandé un café bien serré en espérant sans trop y croire qu'il lui donne le coup de fouet nécessaire pour affronter la matinée.

Elle en ressort un quart d'heure plus tard un peu revigorée, pourvu qu'elle parvienne à donner le change jusqu'à 13 heures, c'est loin d'être gagné !

6 juin 1995, Françoise frappe une nouvelle fois à la porte de la chambre de sa fille, toujours la même réponse
— Je n'ai pas faim, je veux juste être tranquille, pitié, fous-moi la paix !
Sa mère a compris le message, elle bat prudemment en retraite, Louis son époux n'a eu de cesse de lui répéter de ne pas insister, il la connaît bien sa fille unique lui, écorchée vive, hypersensible, ne supportant pas les trahisons, l'injustice, une version de lui au féminin.

C'est dans ses bras que Luana en pleurs s'est réfugiée dès qu'elle a franchi le seuil de la maison familiale pour lui confier le malheur qui s'abattait injustement sur elle. Louis a sérieusement tiqué même s'il s'est efforcé de ne pas le montrer, son affection pour Béranger n'ayant jamais failli durant toutes ces années, il le considérait déjà comme son beau-fils, il est presque aussi malheureux que sa fille, il rumine tout bas de sombres pensées, il ne perd rien pour attendre ce petit con, il a intérêt à lui fournir une sérieuse explication à sa conduite sinon Louis risque de perdre son sang-froid et de lui mettre son poing sur la figure.

Chapitre 3 - Le courage de Luana

C'est une Magali très en verve qui fait les honneurs de l'atelier de fabrication des fromages de chèvre, Rose à contrario ne pipe pas mot, elle se contente malgré les regards noirs que lui lance Côme de faire semblant de nettoyer les cuvettes Patiemment l'employée de Côme explique à l'invité de son patron les différentes étapes de la fabrication d'un fromage de chèvre, ensemencer le lait y incorporer la présure afin de le faire cailler pour passer ensuite au moulage des fromages et pour terminer l'extraction du surplus de petit lait avec le remplissage des faisselles.

Luana est bon public, elle écoute avec attention les explications de la fromagère qui prend plaisir à détailler les étapes de fabrication devant l'intérêt manifeste de la jeune femme.

Côme est agréablement surpris, lui qui redoutait de provoquer de l'ennui chez la jeune femme, sait qu'il a marqué un point lorsqu'il observe ses yeux brillants et qu'il l'entend poser de pertinentes questions à Magali, seule Rose reste sur sa position et fait mine d'être absorbée par le nettoyage du matériel.

Côme a eu un instant de panique lorsqu'ils sont arrivés et qu'il a garé le véhicule dans la cour, il a cru qu'il allait devoir ramener Luana chez elle en la voyant recroquevillée sur le siège à l'intérieur du break, le petit comité d'accueil l'avait probablement déstabilisée, lui-même ne s'attendait pas à trouver ses employées en grande discussion devant l'enclos des chèvres, il avait même totalement occulté que c'était le jour de la visite du vétérinaire. Magali a terminé, ses explications Luana la remercie de lui avoir accordé autant de temps, Magali est aux anges, Rose marmonne dans son coin que ce cirque est ridicule, Côme lui murmure au passage qu'ils s'expliqueront plus tard, elle hausse les épaules pour toute réponse.

Côme est toutefois préoccupé, il a bien remarqué le léger malaise qu'a eu son invitée en franchissant le seuil de la porte pour sortir dans la cour, il ne sait s'il doit prolonger la visite comme il l'avait initialement prévu, la ferme est grande, peut-être devrait-il lui proposer de prendre un rafraîchissement à l'intérieur de la maison, il n'y a qu'à longer les bâtiments principaux et tourner ensuite à droite. Devant son visage congestionné il n'hésite pas longtemps, elle acquiesce sans la moindre hésitation et prenant son courage à deux mains le suit comme elle peut, ce n'est pas chose aisée de se déplacer avec un déambulateur sur la terre poussiéreuse et rocailleuse, elle est contrainte de faire appel à son hôte lorsqu'une des roues se bloque dans une branche, celui-ci s'exécute de bonne grâce.

Les voilà devant la porte vitrée du rez-de-chaussée de la maison, c'est une bastide aux murs couleur crème recouverts de lierre et aux volets bleu foncé, ils franchissent la porte du rez-de-chaussée, Luana tente de dissimuler une grimace devant la marche, elle souffre le martyre mais ne l'avouerait pour rien au monde, elle se laisse tomber avec soulagement sur le sofa en cuir marron qui lui tend les bras dans le salon. Côme s'est dirigé vers la cuisine, il en ressort quelques minutes plus tard avec un plateau sur lequel il a disposé une carafe d'eau, des jus de fruits et deux verres. La grimace de Luana devant l'entrée de la maison ne lui a pas échappé, il en a éprouvé de la peine pour elle, s'il avait osé il l'aurait prise dans ses bras et transporté jusqu'au salon.

Luana songe à Tanguy qu'elle a dû laisser à la maison, le husky s'est blessé à la patte en jouant au parc, il doit porter une attelle durant un mois, une infection s'est greffée par-dessus, le vétérinaire lui a prescrit des antibiotiques. Un énorme coup de blues la saisit, elle devrait être avec lui en ce moment au lieu d'être ici, elle espère que Côme ne s'en rendra pas compte, il est si prévenant, si adorable, si seulement ils s'étaient rencontrés avant, peut-être que quelque chose aurait été possible malgré leurs dix ans de différence mais pour elle ça n'ira pas plus loin que ça, il faudra bien qu'il l'accepte, elle a bien compris les sentiments qui animent l'homme, il la contemple d'une telle manière, il faudrait qu'elle soit aveugle pour ne pas s'en être rendue compte. Comment lui dire sans le blesser qu'elle n'a plus le droit d'être une femme comme les autres, le passé lui remonte à la gorge comme une glaire qu'elle voudrait cracher expulser pour parvenir à passer à autre chose, se donner une nouvelle chance comme on dit.

Chapitre 4 - Zagreb (Croatie) 1998

C'est l'hiver, Luana frissonne les mains dans les poches de son manteau, le thermomètre indique - 5°C, ses gants sont restés sur l'une des étagères du corridor, elle n'a pas eu le temps de faire demi-tour de crainte de rater l'autobus. Une fois de plus Anto l'a mise en retard, il a fallu qu'elle ruse pour pouvoir s'éclipser du lit, il s'en moque un peu lui des horaires, personne ne se risquerait à contrôler les déplacements du directeur du musée d'art contemporain, l'homme n'est pas du genre à s'embarrasser de scrupules, Luana ne se risquerait pas à en faire autant, elle gère l'un des plus grands services de communication de la bibliothèque nationale et universitaire de Zagreb.

La jeune femme a pas mal galéré avant d'obtenir ce poste, son compagnon, personnalité influente à Zagreb, est intervenu malgré les réticences de Luana, il a avancé l'argument que titulaire d'une licence de croate et d'un master d'histoire de l'art celle-ci était tout à fait qualifiée pour le poste. Le directeur a accepté sans sourciller car il sait pertinemment qu'il n'est pas prudent de contrarier Anto Banski.

Depuis bientôt trois ans la jeune femme a la responsabilité de promouvoir la culture croate, développer, préserver et mettre en valeur les collections fait également partie de ses attributions. Elle a tout à fait conscience que sans le coup de pouce d'Anto elle n'occuperait probablement pas ce poste dans lequel elle s'investit avec passion d'autant plus qu'elle se sent redevable de ce passe-droit, ce favoritisme que ne manquent pas de lui reprocher certains de ses collègues chez qui l'information est remontée. Luana a choisi de ne pas en parler à son compagnon il aurait probablement provoqué un esclandre et exigé que Nikola Gotovina licencie les indélicats.

Luana a dû travailler plus que les autres et faire ses preuves, elle est parvenue à s'imposer grâce à sa diplomatie et à la qualité de son travail. Elle n'aurait pas su faire autrement de toute manière, c'est dans son ADN le respect des autres et l'amour du travail bien fait, elle a été à bonne école avec son père greffier au tribunal de grande instance à Marseille qui lui a transmis l'amour du travail bien fait.

Dans quinze jours Luana est en congés, elle a prévu de rentrer en France et d'aller passer un mois chez ses parents, trois années se sont écoulées depuis qu'elle a quitté Marseille pour suivre un conservateur croate venu spécialement de Zagreb faire une conférence dans les locaux de l'association Terre de Croatie. Françoise a gardé le contact avec sa fille unique, elles se téléphonent toutes les semaines, Louis refuse de lui parler depuis son départ, ne pouvant se résigner à voir Luana partir si loin d'eux de surcroît avec un homme âgé de 20 ans de plus qu'elle, s'insurgeant contre ce qu'il qualifiait d'histoire indécente, lui qui espérait encore voir se reformer le couple Béranger-Luana, n'en était que trop affecté de voir tous ses espoirs ainsi anéantis. De plus, connaissant sa fille mieux que quiconque il était persuadé que le chagrin l'avait probablement poussé dans les bras d'un inconnu qui avait su trouver la faille chez la jeune femme blessée.

Depuis Luana n'avait eu de cesse d'essayer de faire la paix avec son père sans succès. Louis refusait de céder ignorant ses appels ne lisant aucune de ses lettres malgré l'insistance de son épouse. Ce que sa fille ignorait c'est que Louis avait été victime d'un AVC quelques mois après son départ, la moitié gauche de son visage était restée légèrement déformée, un zona douloureux était venu compléter le tableau renforçant sa colère et son désespoir. Si entouré jadis l'homme avait peu à peu fait le vide autour de lui, ne se déplaçant plus que pour son travail et demeurant la plupart du temps cloîtré chez lui au grand dam de Françoise qui tentait de dissimuler comme elle le pouvait une dépression naissante. Elle avait dû prendre maintes précautions pour annoncer à Louis la venue de leur fille unique, il s'était alors isolé deux jours dans son bureau enfermé dans un mutisme glacial, Françoise à bout s'était révoltée et lui avait déballé tout ce qu'elle avait sur le cœur puis quitté le domicile conjugal pour se réfugier chez sa cousine Géromine, celle-ci l'avait accueillie à bras ouverts, les deux femmes étant très proches depuis leur plus tendre enfance.

Louis vivant cette désertion du domicile comme un nouvel abandon avait dans un premier temps songé à se suicider puis les jours passant la raison l'ayant emporté sur l'obstination et la colère, il avait rendu les armes. Fallait-il qu'il soit allé loin, qu'il ait franchi les limites pour que Françoise après plus de trente ans de vie commune choisisse de le quitter. Il avait longuement hésité puis réalisé que le moment était venu de pardonner s'il n'était pas trop tard. Il avait décroché son téléphone pris son courage à deux mains et appelé sa fille, c'est Anto qui avait décroché, surmontant sa répulsion Louis avait demandé qu'il lui passe Luana, celle-ci avait éclaté en sanglots en reconnaissant sa voix, c'était juste une semaine avant son départ pour la cité phocéenne.

Depuis Luana compte les jours qui la séparent de son départ, Anto ne gâche pas sa désapprobation, un mois c'est trop long ne cesse-t-il de répéter, je ne peux pas me passer de toi a-t-il ajouté, et de Monika encore moins ! Malgré la pression la jeune femme est fermement décidée à ne pas céder.

4 février 1998, Les taxis sont pris d'assaut, une fine couche de neige tombe sur Marseille rendant la circulation plus compliquée dans la cité phocéenne qui s'enorgueillit quasi quotidiennement de soleil et de températures plus clémentes.

Pour Luana qui a choisi ce moyen de transport la situation devient critique, elle a fermement décliné la proposition de ses parents de venir la chercher, la météo prévoyant un épisode neigeux la jeune femme ne pouvait décemment prendre le risque de mettre son père en difficulté, il ne faut pas moins d'une heure de l'aéroport pour parvenir au domicile de Françoise et de Louis.

Le découragement commence à la gagner, elle s'efforce de dissimuler sa fatigue derrière un sourire de circonstance afin de ne pas effrayer Monika. La fillette épuisée s'est assoupie sur l'une des banquettes du hall juste à côté du snack où elles se sont restaurées. C'est Anto qui a suggéré à Luana d'emmener sa fille avec elle argumentant qu'elle serait ravie de découvrir la France et qu'il lui serait difficile voire impossible de s'occuper d'elle en son absence. Luana n'a pas osé lui rétorquer que Mila, sa nounou était tout à fait apte à s'occuper de Monika durant son absence puisqu'elle veille quasi quotidiennement sur elle depuis que Ivana sa maman biologique a quitté le domicile conjugal quelques mois seulement après sa naissance. Anto refuse de s'étendre sur le sujet lorsque Luana essaie d'en savoir un peu plus il se contente de rétorquer que Ivana, sa première femme, était très dépressive depuis la naissance de Monika et qu'elle avait choisi de les abandonner ne pouvant décemment assumer son rôle de mère

Françoise et Louis ont été prévenus de la présence de Monika au dernier moment, Luana s'en est longuement excusée lors de son dernier appel téléphonique, si Louis a un peu tiqué, Françoise s'est déclarée ravie de faire la connaissance de la fillette, elle s'est empressée de descendre au garage afin d'y récupérer le lit pliant qu'elle installait lorsque des camarades de sa fille venaient dormir à la maison.

Luana réveille Monika qui baille à s'en décrocher la mâchoire, ça l'ennuie de la bousculer ainsi mais elle n'a pas le choix, des taxis commencent à arriver. Entreprendre un long voyage avec une enfant de sept ans en plein hiver n'est pas chose aisée mais Anto ne lui a pas laissé le choix.

Un taxi s'arrête à leur hauteur, elles s'engouffrent sans plus attendre à l'intérieur du véhicule qui démarre immédiatement. Une heure plus tard c'est une Françoise en larmes qui les serre toutes deux dans ses bras. Louis les observe un peu en retrait, essayant de dissimuler l'émotion qui l'étreint.

Luana l'apercevant repousse doucement sa mère et court se jeter dans les bras de son père qui la serre contre lui. Monika s'est assise sur la petite banquette de l'entrée, le spectacle de ces adultes qui pleurent la perturbe un peu, elle ne comprend pas ce qu'elle fait là, sa nounou lui manque un peu, sa maison aussi. Luana se rendant compte de la détresse de la petite fille l'attire à elle et fait les présentations, Monika toujours intimidée retrouve néanmoins le sourire lorsque Louis lui colle deux baisers sonores sur les joues, le courant est passé, Luana soulagée relâche enfin la pression.

Chapitre 5 - Je t'aime moi non plus

Alban jette des regards à la dérobée à son épouse, elle aussi s'est bien rendu compte que Côme n'est pas dans son assiette aujourd'hui, il a grignoté distraitement, pour un peu Sabrina se vexerait, sa daube aux olives vertes elle l'a fait mijoter avec amour toute la matinée et spécialement pour leur invité qui en raffole d'habitude. Profitant de l'absence de son épouse partie répondre au téléphone Alban va droit au but, que se passe-t-il de si grave pour que Côme prenne le risque de subir les foudres de son épouse en dédaignant ainsi sa cuisine, Côme hausse les épaules se mure un peu plus dans le silence, Alban insiste, il peut tout entendre, ça sert à ça un ami, sans y mettre sa main au feu il a néanmoins compris que ça concernait une fois de plus Luana puisque depuis trois mois elle est devenue le seul centre d'intérêt du jeune homme. Si Alban avait accepté d'être le confident et le témoin privilégié de cette histoire naissante il déchante sérieusement aujourd'hui, Côme n'est plus que l'ombre du garçon qu'il connaissait, taciturne, renfermé, il s'isole la plupart du temps, ne vient quasiment jamais sur la place du marché pour vendre ses produits de la ferme, c'est Rose et Magali qui le remplacent. Sabrina revient avec le dessert, une tarte aux prunes maison, Alban réfléchit, il n'a pas dit son dernier mot, les deux amis ont prévu de partir faire du vélo sur les petits chemins de traverse des campagnes environnantes, il parviendra bien lors d'une pause à le décider à lui faire dire ce qui le rend si morose.

16 heures, ils se sont assis sur les rochers qui dominent la vallée, les vélos reposent contre un arbre, le point de vue est imprenable, Alban avoue ne pas s'en lasser, Côme porte sa gourde à sa bouche, il n'a pas cessé de parler depuis une demi-heure, les vannes se sont enfin ouvertes donnant ainsi libre cours à ce désespoir qu'il ne parvenait pas à exprimer.

Durant deux mois le jeune homme a vécu sur un nuage, la plupart de ses journées étant consacrées à Luana, quoiqu'un peu réticente après qu'il l'a emmenée visiter son domaine celle-ci n'a néanmoins décliné aucune invitation de Côme, restaurant, balade en bateau, théâtre, shopping dans le centre-ville de Toulon, des moments de bonheur intenses qu'il espérait sans trop y croire depuis qu'il l'avait vue la première fois devant son stand. Depuis quelques semaines Côme déchante sérieusement et culpabilise, n'est-il pas allé un peu trop vite, lui qui s'était pourtant juré de ne rien tenter d'autre qu'une approche amicale a failli à ses résolutions et n'a réussi qu'à la perdre.

Alban en est resté muet, cette histoire commence à le dépasser, il aurait tout bonnement laissé tomber la demoiselle lui et serait probablement passé à autre chose oui mais voilà Côme est têtu et ne veut rien entendre à ce sujet, il se laisserait dépérir plutôt que de renoncer à Luana.

Côme est en boucle, une litanie entêtante que cette phrase qu'il ne cesse de répéter :

— Pourquoi ai-je fait ça, je suis un abruti stupide, je l'ai perdue, c'est ma faute !

La lassitude et l'exaspération commence à gagner Alban, tant d'histoire pour un baiser dérobé, ce n'est pas sérieux, La jeune femme a la quarantaine, ce n'est probablement pas la première fois qu'un homme l'embrasse, il y a probablement une autre explication.

Il contient à grand peine son impatience, comment formuler les choses sans braquer Côme, il choisit la carte de la prudence, mais n'a cependant pas dit son dernier mot, il reviendra à la charge plus tard, probablement après avoir consulté son épouse qui est toujours de bon conseil.

Chapitre 6 - Un drame inattendu

Le chauffeur de taxi s'arrête devant le numéro 7 de la place Noël Blache, une maison de village aux murs ocre et beige recouverts de lierre juste en face de la tour de l'horloge, il descend promptement pour récupérer les bagages de la jeune femme dans le coffre ainsi que le déambulateur qu'il déplie rapidement pour lui permettre de sortir du véhicule, ces gestes sont devenus un automatisme, la cliente l'appelle tous les deux mois pour se faire conduire à Besse-Sur-Issole petite commune rurale située à une demi-heure de Gonfaron.

Elle est toujours accompagnée de son chien, un superbe husky de taille impressionnante, la première fois qu'il l'a vu Damien a paniqué, pas question d'embarquer ça dans son break, Luana, a su trouver les arguments pour le convaincre, il faut reconnaître que le chien est bien dressé, on ne l'entend jamais aboyer de plus il est très propre et sa jolie maîtresse au regard si triste généreuse avec les pourboires.

Damien suit la procédure habituelle, il dépose les bagages, toujours les mêmes deux grands sacs en toile de jean sur le pas de la porte et actionne la sonnette, deux fois puis revient vers le break pour récupérer Tanguy qu'il met en laisse le temps d'arriver jusqu'à la porte, sa maîtresse les suit à son rythme. Tous trois attendent quelques secondes qu'une femme de taille moyenne aux tempes argentées et aux yeux verts leur ouvre la porte et les accueille par cette phrase qu'elle prononce systématiquement à leur arrivée.

— Bonjour ma chérie, la route s'est bien passée, tu n'es pas trop fatiguée, bonjour Monsieur, comment allez-vous ?

La jeune femme répond invariablement que tout va bien, Damien se contente de la saluer sans se départir de son sourire, rien de bien compliqué en somme, si tous les clients étaient comme elle son métier serait bien plus agréable.

Il est de retour à son véhicule, son chèque soigneusement plié dans la poche arrière de son pantalon, l'homme est un peu déconcerté, c'est bien la première fois que sa cliente ne lui a donné aucune indication sur la durée de son séjour, tout juste s'est-elle contentée d'affirmer qu'elle le préviendrait suffisamment tôt pour qu'il puisse s'organiser, il n'a pas insisté, il a bien vu qu'elle n'était pas dans son état normal aujourd'hui, il a bien remarqué qu'elle était au bord des larmes lorsqu'ils ont quitté Gonfaron, ils venaient tout juste de croiser le gars qui vend des fromages les jours de marché. Celui-ci perdu dans ses pensées ne les a même pas remarqués alors qu'ils se dirigeaient vers son taxi stationné juste un peu plus bas.

Il hausse les épaules, en mettant le contact après tout ça ne le regarde pas, son job à lui c'est de s'assurer que sa passagère au regard triste arrive à bon port chaque fois qu'elle l'appelle, il préférerait mourir plutôt que s'avouer que la jeune femme ne le laisse pas indifférent.

Très loin de ses considérations, à l'intérieur de la maison la jeune femme et sa mère s'étreignent une fois de plus, leur émotion n'est jamais feinte, tant d'années loin l'une de l'autre, tant de temps à rattraper que chaque retrouvaille est chargée d'émotions. Une sorte de rituel s'est instauré à chaque visite, Françoise s'absente un instant pour récupérer au premier étage le gâteau préféré de sa fille une tarte aux poires et aux amandes dont Luana est particulièrement friande depuis l'enfance.

Françoise est revenue et découpe la tarte tout en observant sa fille à la dérobée, elle lui trouve quelque chose de différent mais ne saurait dire ce dont il s'agit, ça a forcément un lien avec le fait que Luana ait sans cesse trouvé des prétextes pour différer son arrivée. Il y a un homme derrière tout ça a pensé Françoise, elle en a discuté avec Louis qui a haussé les épaules se bornant à lui répondre qu'elle lisait trop de romances sentimentales et que Luana n'était plus une gamine, qu'elle avait probablement d'autres chats à fouetter que de se lancer dans une nouvelle histoire.

Son épouse n'a pas cherché à le détromper, ça n'aurait servi à rien, Louis a beaucoup changé, ce n'est plus le même homme, les années d'exil de Luana en Croatie l'ont peu à peu détruit, ce drame que vivait sa fille il ne s'en était jamais douté, il culpabilise d'autant plus qu'il y a cru lui à cette volonté de leur fille de couper les ponts avec eux, s'il s'était seulement douté, il aurait pris le premier avion en partance pour Zagreb et l'aurait ramenée à la maison quitte à passer sur le corps de son geôlier.

Lorsque Françoise et Louis ont pris la décision de quitter Marseille c'était dans l'espoir de se rapprocher de leur fille, ils s'étaient dans un premier temps renseignés pour acheter une maison à Gonfaron, ils n'ont toutefois pas pu trouver de logement correspondant à leurs attentes, leur choix s'est alors porté sur la commune de Besse-sur-Issole, berceau des ancêtres Dallauris, Louis y a de nombreux cousins, ça n'a pas suffi à atténuer le fait qu'ils résident encore un peu trop loin de Luana, ils ont néanmoins réussi à trouver un compromis, leurs maisons respectives disposent de suffisamment de pièces pour pouvoir se loger réciproquement sans se déranger. Ils ont dû toutefois solliciter Julien un des cousins de Louis, ce dernier quoique retraité possédait jadis l'une des plus grandes entreprises de maçonnerie de la région, il a accepté sans sourciller de prendre en charge les travaux de rénovation du rez-de-chaussée afin que Luana n'ait pas à monter les étages, ses deux fils qui ont repris le flambeau de l'entreprise familiale se sont joints à lui.

La jeune femme dispose ainsi d'un petit salon avec un coin cuisine, d'une chambre et d'une salle de bains équipé de toilettes le tout donnant sur un jardin lumineux et ensoleillé où Tanguy fait de longues siestes à l'ombre des platanes.

Françoise et Louis se sont aménagés un espace à vivre dans les étages, une cuisine et un salon, une chambre et les sanitaires, ils s'y trouvent fort bien ne cessent-t-ils d'affirmer à Luana qui se sent un peu gênée de cet arrangement qu'elle estime ne pas mériter. Lorsque ce sont ses parents qui débarquent à Gonfaron le temps d'un week-end, voire plus longtemps ils ont à leur disposition la quasi-totalité de la maison hormis le rez-de-chaussée que Luana s'est réservée. Lorsqu'ils ont visité la maison la première fois ses parents ont été surpris par son volume d'autant plus que leur fille n'avait besoin que d'un rez-de-chaussée, Luana n'est pas parvenue à leur expliquer qu'elle nourrissait l'espoir insensé de réunir un jour sous le même toit ses parents et Monika qu'elle n'a jamais renoncé à chercher, ainsi son bonheur serait complet et les années de malheur s'évaporeraient peu à peu distillées dans les essences d'un bonheur retrouvé.

Françoise contemple sa fille, leurs tête-à-tête lui ont manqué, si elle a fait semblant de croire à tous les prétextes fournis par Luana depuis deux mois elle n'en est pas dupe pour autant, loin de lui en tenir grief Françoise s'est secrètement réjouie, elle espère tous les jours que Luana rencontre enfin un gentil garçon qui puisse lui faire oublier ces années d'enfer avec Anto Banski.

Luana s'enquiert de son père, elle a bien remarqué en arrivant que les volets du premier étage étaient ouverts, Louis ne fait donc pas sa sieste comme à l'accoutumée, Françoise explique à sa fille que son époux s'ennuyant fermement ces dernières semaines a accepté la proposition de son cousin germain Ferdinand, celui-ci élu local dirige la coopérative vinicole du village, Louis y donne un sérieux coup de main.

Françoise avoue revivre depuis que Louis s'est trouvé une occupation, tourner en rond sans le moindre objectif le rendait irascible, tout était prétexte à disputes, eux qui ne s'étaient pratiquement jamais querellés durant leurs 38 ans de vie commune à Marseille n'ont eu de cesse de se déchirer pour un oui pour non depuis leur arrivée.

Lorsque Luana s'inquiète de savoir si les tensions entre eux se sont apaisées, Françoise la rassure, ce n'est désormais qu'un mauvais souvenir, elle passe sous silence le fait que la réaction démesurée de son époux n'était pas sans lien avec l'absence de Luana ces deux derniers mois.

L'après-midi s'écoule paisiblement au rythme de leurs échanges ponctués d'éclats de rire, d'émotions teintées de nostalgie, Luana a défait ses bagages et rangé ses affaires dans sa chambre, Tanguy fait la sieste dans le jardin à l'ombre des platanes. Louis ne va pas tarder à rentrer.

19 heures, Françoise fait les cent pas dans la maison, son époux devrait être rentré depuis plus d'une heure, il la prévient toujours lorsqu'il s'attarde chez son cousin. Trois fois déjà qu'elle appelle la coopérative, personne ne décroche, elle se décide à appeler Noémie l'épouse de Ferdinand, elle n'est pas plus avancée, elle est aussi inquiète qu'elle, où sont donc passés les deux hommes, un obscur pressentiment l'étreint comme si une main invisible lui serrait la gorge jusqu'à l'étouffer, elle se précipite en tremblant vers la fenêtre et l'ouvre le plus grand possible, l'air frais la fait vaciller, elle se retient au mur et rassemble le peu de forces qui lui restent pour rejoindre Luana qui attend fébrilement la suite des évènements.

La sonnerie de la porte d'entrée retentit, Françoise se rue dans l'escalier, c'est Louis bien entendu, il a encore oublié ses clés, elle en rirait presque, Luana plus proche de l'entrée s'est empressée d'ouvrir, elle se tient debout en appui sur sa béquille la porte entrebâillée et fait face à un homme qui parle à voix basse. Un pressentiment étreint Françoise qui se fige sur les marches comme pétrifiée. Luana tourne alors son regard vers l'escalier et aperçoit sa mère, son visage est inondé de larmes, Françoise vacille et se sentant glisser irrémédiablement vers le sol, tente en vain de s'agripper à la rampe en fer forgé, elle entend le cri de panique de sa fille tandis que l'homme qu'elle reconnaît en une fraction de seconde sous les traits de

Ferdinand le cousin de Louis se précipite vers elle et la rattrape avant qu'elle ne perde connaissance.et s'écroule sur le sol.

Chapitre 7 - La vie malgré tout

Alban conduit un peu trop vite ce matin, Sabrina quelque peu exaspérée lui en fait le reproche, s'il souhaite les envoyer dans le fossé il n'a qu'à continuer. Il ne trouve rien à rétorquer mais ralentit si la petite route des Mayons qui mène chez Côme est peu fréquentée elle n'en est pas moins exempte de virages et ne dispense pas de la prudence la plus élémentaire. Il a pris soin d'emporter avec lui un exemplaire du Var Matin celui de la veille qu'il feuilletait ce matin en prenant son café chez Guido, celui-ci laisse toujours les journaux à la disposition de ses clients, c'est sa façon à lui de compenser l'absence de presse dans le village.

Alban au détour des pages est arrivé sur la rubrique nécrologique, ce n'est pas qu'il s'y intéresse, mais tout en haut de la page ses yeux se sont portés sur un nom qui a immédiatement retenu toute son attention, il a tout lu, son sang n'a fait qu'un tour, il s'est précipité hors du bar et a couru jusqu'à son domicile pour prévenir son épouse.

Sabrina sans perdre de temps s'est ruée sur le téléphone pour appeler Côme, sans succès, Alban a alors suggéré de se rendre chez lui.

Les voici parvenus à destination, ils aperçoivent le break de Côme garé juste devant la bâtisse, Sandrine descend la première et se dirige vers l'enclos des chèvres où Magali et Rose sont en train de nourrir les bêtes, Alban de son côté, le précieux journal roulé dans sa main se rue vers la maison.

La porte d'entrée n'est pas fermée, Alban se dirige vers le bureau de Côme espérant l'y trouver, aucune trace de son ami, un désordre indescriptible règne en maître, Alban ne s'attarde pas, il grimpe l'escalier pour rejoindre le premier étage, la chambre de Côme s'y trouve, il toque à la porte fermement, seul le silence lui répond, il tourne la poignée et franchit prudemment le seuil de la chambre qu'il découvre entièrement plongée dans le noir, il a la désagréable impression d'être revenu trois ans en arrière, de revivre une fois de plus le même scénario, après quelques secondes d'hésitation il se décide à ouvrir tout grand les volets laissant généreusement entrer la lumière du soleil, il aperçoit Côme en position de fœtus qui semble dormir profondément, il tente de le réveiller sans y parvenir, il le secoue alors sans plus de ménagement en hurlant son prénom, il se précipite alors à la fenêtre et demande Sabrina d'appeler les secours, tandis que Rose grimpe quatre à quatre les escaliers et pénètre dans la chambre, elle fouille partout frénétiquement pour finir par découvrir une plaquette de médicaments vide et une bouteille de Bourbon à moitié vide sous le lit. Quelques instants plus tard la sirène des pompiers que l'on entend au loin les fait tressaillir, Alban se rue dans la cour pour les accueillir en priant pour que ce ne soit pas trop tard cette fois.

27 août 2014, l'infirmière remet une fois de plus la perfusion en place tout en soupirant, heureusement que tous les patients ne s'agitent pas autant que celui-là, depuis six jours il n'a de cesse de demander de sortir à cor et à cri, le médecin du service lui a pourtant expliqué qu'on avait dû lui faire un lavage d'estomac pour évacuer tous les médicaments et l'alcool ingurgités et qu'il n'était pas encore en état de sortir de l'hôpital, de plus la psychologue n'est pas encore passée le voir, c'est la procédure lors de tentative de suicide. Alban passe la tête dans l'embrasure de la porte, il vient aux nouvelles, depuis que les pompiers ont transporté Côme inanimé, plongé dans le coma ce dernier passe la plupart de son temps libre à l'hôpital, Sabrina, Magali et Rose le rejoignent dès qu'elles le peuvent. Alban lui a tout bonnement sauvé la vie, ça s'est jouée à quelques heures près ont confirmé les secours, celui-ci ne voit pas les choses de la même manière, il se fustige en permanence de n'avoir pas anticipé le drame, les signes étaient clairs pourtant, limpides pour qui était déjà passé par là, il s'avoue en son for intérieur avoir péché par excès de confiance, pour lui, Côme avait tiré parti des erreurs du passé et avait enfin mûri, la descente aux enfers après la trahison de Valéria, sa tentative de suicide par pendaison lorsqu'il s'était aperçu que non contente de le plaquer pour un musicien qui venait jouer de la guitare l'été sur la place de la Victoire, elle avait également vidé l'intégralité de ses comptes. Tout cela aurait dû suffire à mettre un peu de plomb dans la cervelle du jeune fermier, quid de tout ça, voilà qu'il réitérait la chose pour une inconnue dont il n'était même pas l'amant, il y avait de quoi en perdre son latin. Même Sabrina malgré l'affection qu'elle lui portait ne décolérait pas, profondément traumatisée par la première tentative

de suicide du jeune homme dont elle avait été témoin. Elle avait sincèrement cru ne plus revivre un moment pareil.

Alban avait renoncé à la calmer, ça ne servirait à rien d'insister, il ne connaissait que trop bien le caractère entier de son épouse et son extrême susceptibilité, capable du meilleur mais aussi du pire lorsqu'elle plaçait sa confiance en quelqu'un qui se révélait ne pas en être digne.

L'infirmière quitte la pièce en gratifiant Alban d'un large sourire et d'un regard appuyé, un peu gêné celui-ci lui rend néanmoins son sourire, la jeune interne semble le trouver à son goût et ne s'en cache visiblement pas.

Il s'approche du lit de Côme qui le regarde s'approcher sans dire un mot, il est peu loquace depuis son réveil, Alban doit se contenter en guise de réponses de oui ou non ponctués de hochements de tête.

Il espère pouvoir aborder enfin le sujet qui lui tient tant à cœur, la raison pour laquelle il s'était rendu chez lui à l'improviste ce matin-là, il a pour cela soigneusement découpé dans le journal un petit entrefilet de la rubrique nécrologie qu'il veut faire lire à Côme, cela lui permettra peut-être de revenir à la raison.

Il se décide, autant crever l'abcès avant qu'il ne soit trop tard, il extirpe de son portefeuille la coupure de presse et la tend à Côme qui s'en empare un peu agacé par l'attitude suspecte de son pote. Alban tendu ne parvient pas à rester en place et marche de long en large autour du lit

— Assieds-toi pitié, tu vas me filer la migraine.

Alban surpris par le ton sec employé par Côme n'ose pas répliquer et s'assoit instantanément sur le fauteuil à côté du lit. Au fur et à mesure que Côme prend connaissance de l'article l'expression de son visage se métamorphose, il passe tour à tour de la surprise au bouleversement puis à l'excitation sous les yeux attentifs et inquiets d'Alban.

— Fais-moi sortir d'ici mec, emmène-moi la voir, emmène-moi là-bas.

Alban n'est pas surpris, c'est la réaction qu'il espérait, reste à modérer l'ardeur de Côme et lui faire comprendre qu'il devra patienter jusqu'au lendemain. Il a échangé avec le docteur Laforêt, le médecin responsable du service, celui-ci lui a confirmé que l'état de santé de Côme lui permettait de regagner son domicile.

Côme a écouté jusqu'au bout, il semble résigné, toutefois il fait promettre à Alban de venir le chercher et de le conduire à Besse-sur-Issole puisqu'il n'est pas encore autorisé à reprendre le volant, Alban promet, de toute façon il n'a pas le choix, sa tête de mule d'ami serait capable d'y aller en stop.

28 août, déjà une heure qu'ils sont arrivés à Besse et qu'ils guettent la porte d'entrée de la maison de Françoise espérant la voir arriver en compagnie de sa fille mais le temps passe et rien ne bouge, Côme sent le découragement le gagner, il était pourtant confiant lorsqu'il s'est dirigé vers la maison des parents de Luana et que la voisine de la maison mitoyenne accoudée à son balcon l'a interpellé avec ces mots ;

— Il n'y a personne monsieur, elles sont parties ce matin les dames !

Côme déconcerté a marmonné un merci inaudible tandis que Sabrina toujours prompte à réagir a surenchéri en s'enquérant de savoir si par hasard elle pouvait avoir une idée de l'endroit où elles se trouvaient, elle n'a obtenu qu'un haussement d'épaules pour toute réponse, Alban a failli s'emporter mais s'est abstenu devant l'air dissuasif de son épouse.

Sabrina a proposé de s'attabler devant une boisson fraîche, il y a un petit bar bien ombragé à moins de cent mètres, de là ils peuvent surveiller la maison. Un couple avec deux jeunes enfants vient s'asseoir à côté d'eux et interpellent Côme qui visiblement ne les a pas reconnus, la cousine de Rose et ses enfants, il se force à les saluer, ça lui était totalement sorti de l'esprit qu'ils vivaient à Besse, un échange de banalités s'ensuit, Alban et Sabrina prennent le relais devant le mutisme de leur ami qui garde obstinément les yeux braqués sur la maison des parents de Luana.

Un taxi vient de s'arrêter juste devant la porte, Côme retient son souffle, le chauffeur est descendu pour ouvrir l'une des portes arrière du véhicule, une jeune femme rousse qui s'appuie sur une béquille en descend et se dirige vers la maison escortée par le chauffeur de taxi dont les traits lui semblent familiers. Sabrina et Alban de leur côté n'ont rien perdu de la scène, s'ils ont été surpris de reconnaître Damien, qu'ils croisent régulièrement à Gonfaron, ils n'en soufflent mot à Côme. Celui-ci s'est levé d'un bond lorsque le taxi a disparu de son champ de vision et sans le moindre regard pour ses compagnons se dirige d'une démarche qui se veut assurée vers la demeure des Dallauris.

Un peu interloqués Alban et Sabrina le regardent partir sans essayer d'intervenir, de toute manière ça ne servirait à rien, quand Côme a une idée en tête, rien ne peut l'arrêter, ils se résignent à l'attendre en faisant des prières muettes pour que tout se passe bien.

Luana ouvrant ses volets au rez-de-chaussée à cet instant se fige en le voyant, planté devant la porte, contemplant la sonnette sans oser l'actionner. Il tourne la tête vers la fenêtre alors qu'elle prononce son prénom si doucement qu'il croit avoir rêvé. Ils se contemplent tous les deux sans bouger, le temps suspend son vol, des passants leurs jettent des regards étonnés, c'est la jeune femme qui se reprend la première.

— Attends, je viens t'ouvrir

Soulagé, Côme se remet à espérer, il danse d'un pied sur l'autre en l'attendant, la voilà enfin qui ouvre la porte et l'invite à entrer. Tanguy est couché dans son panier tout en bas des escaliers, il vient à leur rencontre et fait des fêtes à Côme.

Attentifs Sabrina et Alban le voit esquisser un signe discret avant de disparaître de leur vue, Sabrina chuchote à son compagnon qu'elle voudrait être une mouche pour voir la suite. A l'intérieur Côme a docilement suivi la jeune femme jusqu'au petit salon du rez-de-chaussée, il s'est assis sur le fauteuil qu'elle lui a indiqué tandis qu'elle prit place sur le canapé en velours couleur bois de rose juste en face de lui. C'est lui qui se lance le premier avec comme une sensation de se jeter dans le vide sans parachute, il espère pouvoir aller jusqu'au bout sans bafouiller et sans se rendre trop ridicule. Il évoque ce jour où sans attendre son consentement il l'a embrassée, il n'aurait pas dû agir ainsi, c'était probablement trop tôt puis il s'interrompt guettant une réaction de sa part, Luana se contente de le regarder en souriant, il prend cela pour un encouragement et continue sur sa lancée, il lui avoue sans détours ses sentiments et sur le peu d'espoir qu'il fonde sur une réciprocité. Elle ne bronche toujours pas, il prend alors une grande inspiration et revient sur un chapitre douloureux de son existence, il y a réfléchi toute la nuit et a pris la décision de parler de Valéria à Luana, Alban a désapprouvé sa décision, pour lui ça ne sert strictement à rien de remuer le passé, de plus la jeune femme risque de mal le prendre. Côme a argumenté sur la nécessité de jouer la carte de la transparence, il espère sans trop y croire que ça incitera Luana à se dévoiler juste un peu plus. Il a conscience de jouer son dernier atout, ça passe ou ça casse, le pari est risqué, audacieux, elle peut d'un seul mot, d'un seul geste le congédier, anéantir tous ses espoirs mais il ne peut plus reculer.

Il a terminé de parler, ses mains sont moites, il transpire à grosses gouttes, il s'attend à la mise à mort, l'estocade finale, après tout il l'aura bien cherché, il se conditionne pour se lever et sortir de la maison avant que ça n'arrive, histoire de conserver un peu de dignité.

C'est à cet instant que contre toute attente Luana le regardant droit dans les yeux le fait sursauter par cette phrase inattendue.

— Merci pour ta sincérité, ton authenticité, je ne peux que te rendre la pareille, si tu es prêt à écouter jusqu'au bout ma confession, je te préviens tu vas être surpris, peut-être t'en iras-tu avant que j'aie terminé et…

Côme la fixe intensément, ému jusqu'aux larmes, et lui répond qu'il est prêt à tout entendre et qu'il l'écoute. Luana, la voix un peu tremblante, commence alors son récit.

Naples, été 1998, la piazza dei Martiri est noire de monde, il faut jouer des coudes pour se déplacer sur cette imposante place entourée de beaux palazzi qui marquent l'entrée du Chiaia quartier idéalement placé de Naples chic et bourgeois avec sa flopée de boutiques de luxe, de bars à vins, de bonnes tables. Françoise a commandé des glaces pour Luana et Monika, elle doit se contenter d'une boisson sans sucre, son diabète a un peu augmenté. Louis a eu un coup de fatigue sur le déjeuner, il a préféré rester avec Angela, presque nonagénaire la mère de Françoise n'en est pas moins de bonne compagnie et sa maison avec son grand patio ombragée un havre de paix un peu à l'écart du centre-ville de Naples la tumultueuse. Son beau-fils et elle y font de longues parties d'échecs et discutent politique tout en sirotant du limoncello bien frais.

Ce voyage pour Naples a été pour ainsi dire quasiment improvisé lorsque Françoise a appelé sa fille à Zagreb pour lui apprendre que sa nonna avait fait un malaise cardiaque et qu'elle se rendait sans plus attendre à Naples où celle-ci vivait seule le décès de son époux Gaetano

Luana n'en a pas dormi de la nuit, au petit matin elle a su ce qu'elle devait faire, elle en a parlé à Anto dès le petit déjeuner, il s'est immédiatement emporté, avait-elle perdu la tête au point d'oublier qu'ils partaient tous trois dans quelques jours en écosse pour rendre visite à sa sœur Marineta, Luana n'a pas cédé, revoir sa grand-mère avant qu'elle ne décède était devenu sa priorité. Anto s'est fâché et a envoyé son plateau du petit déjeuner contre le mur, Monika terrorisée s'est mise à sangloter, ce n'est que lorsqu'il a quitté la pièce en claquant violemment la porte que Luna est enfin parvenu à la calmer. Anto est de plus en plus coutumier de ce genre de scènes, il a toujours un bon prétexte pour exploser depuis que sa compagne est revenue de son séjour chez ses parents en février. Certains jours elle envisage de le quitter puis se ravise lorsqu'elle croise le regard triste et interrogateur de Monika, la petite fille s'est attachée à elle et cet attachement est largement réciproque.

Luana ne lâcha rien et eut le dessus, elle se rendrait à Naples avec Monika, Mila la nounou en congés annuels fut l'argument suprême qui convainquit Anto de les laisser partir toutes les deux. Ce scénario soigneusement mis au point et orchestré de main de maître par Luana et ses parents avait permis à la jeune femme de revoir sa grand-mère qu'elle n'avait pas vu depuis plus de dix ans et d'éviter un fastidieux voyage pour l'écosse. En réalité Angela se portait comme un charme, l'idée avait germé dans le cerveau de Louis qui voulant venir en aide à sa fille s'était emparé d'un procédé contestable au demeurant mais la fin ne justifiait-elle pas les moyens.

Françoise constate à regret que Luana ne parvient pas à se détendre comme elle l'espérait, il fait si beau pourtant sur cette place, on prend le temps de vivre sur la côte amalfitaine, cette ville possède une identité folle, turbulente et éruptive à l'image du Vésuve, elle offre des tranches de vie aux visiteurs éblouis qui s'aventurent dans ses rues. Depuis cinq jours qu'ils sont arrivés Luana ne parle guère ne sourit presque pas, seule nonna Angela parvient à la dérider et encore, Françoise cache sa peine derrière un sourire un peu forcé, elle n'ose pas aborder directement le sujet avec sa fille qui risquerait de se braquer mais le constat est là, dérangeant, inquiétant. Luana appréhende l'idée de retourner en Croatie mais plus encore de retrouver son compagnon. Françoise a surpris une conversation entre sa mère et sa fille, Angela a toujours eu le don pour faire parler les gens, les inciter à lui confier leurs peines et leurs tourments et Luana sa petite fille n'échappe pas à la règle. Tapie dans un recoin de la terrasse osant à peine respirer Françoise a écouté la confession de Luana à sa nonna. Elle n'a rien appris de plus, cela a juste confirmé ses doutes sur la personnalité d'Anto, l'homme est possessif, autoritaire, maladivement jaloux, Françoise s'est mordu les lèvres et a enfoncé ses ongles à l'intérieur de ses paumes lorsque Angela lui a demandé s'il était violent, s'il lui avait déjà levé la main dessus. La réponse ne l'avait qu'à moitié rassurée, non Anto ne l'avait jamais brutalisée, tout au moins pas encore, cette précision avait fait chavirer le cœur déjà meurtri de Françoise qui se sentait totalement impuissante devant la détresse de sa fille d'autant plus qu'elle savait pertinemment ce qui pousserait Luana à retourner à Zagreb, ce n'était pas la peur, encore moins l'amour, elle n'éprouvait désormais plus rien pour Anto, seule Monika lui importait désormais et cet amour-là n'aurait jamais de fin, elle était prête à se sacrifier pour ne pas abandonner la fillette. C'est Louis le premier qui s'était douté que sa fille n'était pas aussi heureuse que ce qu'il avait pu s'imaginer lors de leurs retrouvailles à Marseille au mois de février, et puis Luana avait fait quelques allusions au caractère emporté d'Anto. Aussi dès que la jeune femme avait formulé le désir de voir sa grand-mère maternelle l'été prochain en évoquant un potentiel refus de son compagnon de la laisser partir l'idée avait germé dans l'esprit de son père, ils avaient alors mis au point ce scénario en prenant soin de prévenir Angela qui s'était tout d'abord sérieusement offusquée de cette supercherie en s'exclamant que ça risquait de lui porter malheur puis s'était finalement résignée, la *priorité c'était son unique petite fille, on reparlerait du procédé plus tard.* Louis n'avait pas chômé avant leur départ pour Naples, il avait sollicité un rendez-vous chez son ancien employeur, Maître Paul Carissimi, avocat de son état, Louis avait exercé dans ce prestigieux cabinet de la rue Montgrand en tant que secrétaire particulier lorsqu'il avait dû à regret mettre un terme à sa carrière dans la police suite à son AVC. Si l'avocat s'était déclaré ravi de revoir son ancien employé dont il gardait un excellent souvenir il se montra néanmoins plus réservé voire pessimiste lorsque Louis lui eut exposé son problème. Pour Maître Carissimi Luana n'avait aucun droit sur Monika, libre à elle de rompre avec son compagnon et de rentrer en France si tel était son désir mais Anto Banski pouvait formellement s'opposer à ce que sa fille ait le moindre contact avec celle qui ne serait considérée que comme son ancienne maîtresse. Louis fit remarquer que depuis plus de trois ans Luna partageait son temps entre son travail et l'éducation de la fillette que son père négligeait considérablement. L'avocat hocha la tête et fit la grimace, Louis avait dû lui apprendre l'existence d'une gouvernante ce qui faisait encore plus pencher la balance en faveur du père puisque Monika n'était pas confiée aux seuls soins de sa jeune belle-mère, il porta l'estocade finale en ajoutant que le couple n'étant pas marié, la demande de Luana n'en serait que moins recevable.

Le père de Luana sortit du cabinet le moral en berne, certes il n'avait pas poussé la naïveté à croire que les choses seraient limpides en venant prendre conseil auprès d'un avocat mais de là à n'avoir aucune latitude. Au moment de le raccompagner Maître Carissimi s'était soudain ravisé et farfouillant fébrilement dans ses dossiers soigneusement rangés dans l'une de ses armoires avait extirpé une carte de visite qu'il avait religieusement remis à son interlocuteur, dessus y figuraient les coordonnées d'un confrère français installé depuis quelques années à Karlovac, une ville située à moins d'une heure de route de Zagreb, Luana pourrait le contacter de sa part si la situation s'envenimait, il avait l'avantage d'être sur place.

Louis le remercia et glissa la carte dans sa sacoche, peu convaincu de l'utilité de ce petit bout de carton, il se trompait pourtant, ne pouvant présager l'avenir il ne pouvait en rien imaginer qu'il serait amené à solliciter cet avocat plus rapidement que prévu.

Dans quelques jours Luana regagnera Zagreb avec Monika, Françoise et Louis redoute cet instant d'autant plus qu'ils connaissent désormais les conditions de vie de leur fille., nul ne sait quand ils se reverront, ce n'est pas la porte à côté la Croatie. Louis espère encore un miracle sans y croire vraiment, il voudrait tant profiter encore un peu de la présence de sa fille et de Monika, l'homme s'est attaché à la fillette, il aimerait bien être son grand-père adoptif d'autant plus qu'il a su peu à peu apprivoiser la craintive fillette qui veut toujours s'asseoir à côté de lui à table et qui rit aux éclats lorsqu'il fait mine de tricher aux échecs pour faire enrager nonna Angela qui ne comprend pas toujours ce qu'il se passe.

Automne 2001, Françoise repose le combiné, tous ses appels restent sans réponses, même le répondeur est aux abonnés absents. Depuis trois semaines elle cherche désespérément à joindre sa fille, sans succès.
 La dernière fois qu'elles se sont parlés c'était juste la veille de son déménagement pour Dubrovnik et depuis plus rien. Louis fait les cent pas sur la terrasse fumant cigarette sur cigarette. Un peu plus de deux ans sans voir Luana, c'est très difficile à vivre pour lui, le sort s'en est mêlé, pas seulement Anto qui devient de plus en plus autoritaire, de plus en plus possessif envers la jeune femme mais surtout les aléas de la vie, Françoise qui ayant fait une chute malencontreuse dans les escaliers de leur immeuble se vit contrainte de rester immobilisée de longs mois la jambe plâtrée et du subir une intervention chirurgicale à cause d'un staphylocoque contracté à l'hôpital, une mauvaise grippe contracté par louis lui laissa quelques séquelles, il demeura très affaibli durant les mois qui suivirent, la cerise sur le gâteau fut une grève sauvage des avions durant plusieurs mois mettant ainsi un terme à toute possibilité de retrouvailles.
 Luana de son côté n'avait pas été très épargnée, une sorte de loi des séries, elle se fit agresser un soir en sortant du travail, on lui déroba ses papiers d'identité, son collier de perles de culture hérité de sa grand-mère paternelle et un peu d'argent, on lui diagnostiqua à la suite un léger traumatisme crânien consécutif à la chute qu'elle fit lorsque le malfaiteur la bouscula, le plus sérieux restait à venir elle développa une sorte de phobie revivant sans cesse l'agression dont elle avait été victime, attaques de paniques et crises d'angoisse ne la quittèrent plus. Trois mois plus tard le moral au plus bas elle dut se résigner à démissionner de son poste à la bibliothèque universitaire. Le plus surprenant fut le comportement d'Anto, le tyran s'était métamorphosé, exit les scènes de jalousie, les reproches, Mister Hyde avait endossé sa panoplie de docteur Jekyll et s'évertuait à donner l'image d'un homme délicat, attentionné, prévenant. Si Luana n'en fut pas dupe elle joua néanmoins le jeu, cette parenthèse enchantée lui permit de souffler un peu, même Monika retrouva le sourire du moins pour un temps.
 C'est lors d'un pique-nique familial au bord du lac Jarun, une sorte de complexe de loisirs à quelques kilomètres au sud-ouest de Zagreb qu'il leur annonça la grande nouvelle, celle qu'il qualifia de chance inespérée, la direction du palais des recteurs à Dubrovnik en Dalmatie du sud. La ville musée aux toitures d'argile chromatiques considérée avec Venise comme la perle de l'Adriatique faisait rêver l'homme depuis longtemps et il avait donc accepté la proposition avec un enthousiasme non dissimulé, un appartement

de fonction leur était déjà attribué, il disposait d'un toit terrasse dominant la ville fortifiée et de grandes pièces lumineuses et spacieuses où il ferait bon vivre. Luana consternée par la nouvelle se risqua à faire remarquer que Dubrovnik se trouvait à environ sept heures de route de Zagreb, que le déménagement s'avérait plutôt compliqué au vu de la distance et que changer d'école en cours d'années serait perturbant pour Monika, mais plus encore de quitter ses camarades de classe et nounou Mila.

Anto changeait d'expression au fur et à mesure que Luana s'exprimait, Monika paniquée pleurait silencieusement dans son coin, pris d'un accès de fureur il s'était levé d'un bond et s'était mis à leur crier dessus en faisant les 100 pas, comment osait-elle remettre en question sa décision, était-elle stupide au point de ne pas voir la chance qui s'offrait à eux, Monika s'adapterait à sa nouvelle école, se ferait d'autres camarades, il ajouta qu'il ne lui laisserait pas lui gâcher ses projets, Dubrovnik était le gage d'une vie plus agréable, son salaire serait largement supérieur à celui qu'il percevait à Zagreb. Lorsque Luana se hasarda à demanda la voix peu assurée ce qu'elle y ferait, sa colère décupla, elle trouverait rapidement selon lui un emploi au vu de ses diplômes pour peu qu'elle essaie enfin de surmonter sa ridicule phobie qui n'avait que trop duré. Imbu de sa personne jusqu'à la mégalomanie l'homme n'acceptant aucune contradiction ni remise en question de ses décisions montrait son vrai visage, celui d'un monstre.

Luana très remontée s'était levée elle aussi et lui faisait face prête à l'affronter lorsque son regard se posant sur Monika se figea, la fillette tremblait de tout son corps, les membres et les yeux révulsés, une écume moussante sortant de sa bouche, une crise d'épilepsie, s'agenouillant à côté d'elle elle hurla à Anto tétanisé d'appeler les secours.

Chapitre 8 - La vie à Dubrovnik

Luana s'est arrêtée de parler submergée par l'émotion, Côme ne sait pas comment il doit réagir, la jeune femme est au bord des larmes, il se sent un peu coupable, c'est à cause de lui qu'elle se retrouve plongée dans ce douloureux passé, il n'osera cependant pas lui dire qu'à l'évocation de la violence de son compagnon croate, le jeune homme s'est senti confronté à son propre passé, le parallèle avec son père s'est imposé à lui comme une évidence, lui aussi a connu la tyrannie, l'autoritarisme mais pas seulement. Après quelques secondes d'hésitation Il lui suggère de poursuivre son récit si elle le veut bien. La jeune femme hésite, Côme est-il vraiment prêt à tout entendre, son opinion sur elle va probablement varier du tout au tout, ses sentiments aussi, c'est un risque qu'elle n'avait pas évalué, elle en a déjà trop dit, elle respire un grand coup, s'arme de courage et reprend là où elle s'est arrêtée.

Février 2002, Luana referme la porte derrière Anto et se dirige vers la chambre de Monika, elle a dû une fois de plus engager un bras de fer avec le père de la fillette, elle n'a pas cédé malgré ses menaces, pas question de confier l'enfant fiévreuse à Kalinda, sa nouvelle nounou, cette dernière ne lui témoigne pas la moindre affection, pire la rabroue sévèrement dès qu'elle en a l'occasion. Si Luana s'interpose souvent en recadrant la mégère, elle doit néanmoins se résoudre à la laisser sous sa garde la plupart du temps, son poste de directrice adjointe au musée d'art et d'histoire l'oblige à quitter le domicile quatre jours par semaine et parfois le week-end. C'est Kalinda qui régulièrement dépose Monika à son école, la récupère le soir et la garde jusqu'au retour de ses parents. Elle a très tôt ce matin pris l'initiative de décommander la nounou lorsqu'elle s'est rendue dans la chambre de la fillette qui a toussé toute la nuit et qu'elle a pu vérifier sa température déjà bien trop haute, le médecin doit passer dans la matinée.

Elle prend quelques minutes pour appeler le musée d'histoire, c'est Daria son assistante qui décroche, Luana lui explique la situation, elle devra se débrouiller sans elle aujourd'hui et probablement jusqu'à la fin de la semaine.

Compréhensive son interlocutrice la rassure, qu'elle ne s'inquiète pas, elle s'en sortira très bien toute seule pour quelques jours, l'essentiel c'est la petite ajoute-t-elle avant de raccrocher.

Luana prépare un chocolat chaud pour Monika et du paracétamol pour faire baisser sa température en attendant le médecin, elle tousse tellement qu'elle a du mal à parler lorsque Luana s'installe sur le fauteuil à côté de son lit mais son regard est éloquent, le soulagement s'y lit, elle a tellement eu peur de voir nounou Kalinda débarquer ce matin.

Anto prend très à cœur ses nouvelles fonctions de conservateur du patrimoine qu'il exerce au palais des recteurs, elles lui ont ouvert les portes de la bonne société de Dubrovnik, il est de tous les évènements mondains, parfois il impose à Luana de s'y rendre avec lui, elle s'y ennuie fermement. Lorsqu'on l'interroge parfois sur son poste, elle se force à se montrer enthousiaste et à exprimer sa reconnaissance envers son compagnon qui lui a si gentiment offert un poste au sein même de la structure prestigieuse qu'il dirige désormais.

En réalité Luana n'a pas eu le choix, Anto veut savoir où elle se trouve à toute heure de la journée, contrôle le moindre de ses gestes, ce n'est pas rare de le voir déambuler dans l'enceinte du musée, il trouve toujours un excellent prétexte pour gravir les deux étages qui séparent son bureau du musée d'histoire, ça fait beaucoup jaser dans les couloirs, la plupart du personnel qualifie cette attitude de touchante, seule Daria n'est pas dupe, elle a qualifié Anto d'intrusif, d'inquisiteur dès leur première rencontre, son intuition ne la trompe que rarement, l'homme est un nocif, ça la navre au plus haut point d'imaginer le quotidien de Luana avec ce sale type.

Tout à l'heure elle essaiera de téléphoner à ses parents, c'est la seule chose qui la maintient encore en vie avec l'amour inconditionnel de Monika, la fillette désormais l'appelle mama, Anto pour une fois n'a rien trouvé à redire, il a fort bien compris que ce lien quasi fusionnel est le seul moyen de pression qu'il a sur sa compagne et se doute que cette dernière ne poursuit qu'un objectif s'enfuir le plus loin possible de lui, elle serait probablement rentrée en France depuis longtemps si la fillette pouvait la suivre, mais le pervers narcissique n'a pas l'intention de se passer de ses deux victimes.

Monika s'est rendormie, Luana s'éclipse sur la pointe des pieds pour ne pas la réveiller, elle décroche fébrilement le combiné, pourvu que sa mère ne soit pas déjà partie faire ses courses, elle est rapidement fixée puisque c'est Louis qui décroche, il ne cache pas sa joie en reconnaissant la voix de sa fille, il la presse de questions, comment va-t-elle, a-t-elle pu obtenir un nouveau passeport, comment se porte la petite, Luana le rassure en y mettant le plus de conviction possible elles vont bien, le passeport c'est une question de semaines, elle rappellera tout à l'heure pour parler à sa mère, l'émotion la submerge, au bord des larmes elle a failli craquer et tout lâcher mais s'est reprise de justesse, Dieu sait comment Louis réagirait s'il savait les conditions dans lesquelles elles vivent toutes les deux depuis leur retour de Naples. Il y a trois jours elle est allée récupérer son nouveau passeport, Anto le lui a immédiatement confisqué, il l'a soigneusement déposé dans le coffre dont elle ne dispose pas du code, confier cela à son père, inenvisageable, Louis serait capable de prendre le premier avion pour venir lui-même la chercher. Luana se sait lâche ne trouve aucune excuse à sa passivité mais ne trouve pour le moment aucune issue, aucune échappatoire, le constat est accablant seule la mort de leur geôlier pourrait leur permettre de s'évader, de pouvoir rentrer en France.

18 juillet 2002, Anto essaie de trouver un taxi depuis presque une heure, Monika n'a pas supporté les huit heures de vol ainsi que les repas servis dans l'avion et a vomi dans le hall de l'aéroport d'Inverness, Luana l'a emmenée dans les toilettes pour la nettoyer un peu et la rafraîchir, la fillette ne cesse de trembler, Luna redoutant une nouvelle crise d'épilepsie lui a fait absorber un médicament qu'elle a toujours dans son sac. Deux passagères écossaises une mère et sa fille témoins de la scène ont trouvé l'attitude d'Anto extrêmement choquante, crier ainsi sans retenue sur une enfant malade relève de la maltraitance a fait remarquer la plus âgée des deux.

Luana n'a pas su quoi leur répondre, le regard de mépris mêlé de pitié que lui a lancé la femme en quittant l'aéroport a été pour elle la pire des humiliations vécues jusqu'ici. Sa passivité n'a pas manqué de susciter l'étonnement et la colère chez d'autres témoins de la scène, un couple l'a même traitée de mère indigne. « C'est facile pour vous de juger » s'est-elle contenue de leur hurler à la figure.

Anto fait de grands signes dans leur direction, un taxi arrêté à côté de lui, les deux femmes le rejoignent sans dire un mot et s'engouffrent à l'intérieur du véhicule, le centre-ville d'Inverness se trouve à 15 kilomètres de là, la circulation est particulièrement dense à cette heure de la journée, la maison de Marineta la sœur d'Anto se situe derrière la Cathédrale Saint-André. Ils arrivent à destination assez rapidement malgré le trafic, le chauffeur de taxi s'est garé devant le portail d'une petite bâtisse de style géorgien couleur bois de rose. Il faut emprunter une petite avenue bordée de saules pour arriver devant la porte d'entrée de couleur ivoire surmontée d'une fenêtre rectangulaire en imposte dont le sommet ouvragé est soutenu par des pilastres ornementaux. Anto agite la clochette posée sur le côté de la porte qui s'ouvre en grinçant laissant apparaître une petite femme brune et frisée vêtue d'une improbable robe à carreaux beaucoup trop grande pour elle et qui se jette au cou de son frère, c'est elle qui se reprend la première en se dégageant doucement mais fermement pour poser son regard sur les deux femmes qui, à *quelques mètres de là, attendent stoïques. Luana s'approche la première et tend une main hésitante vers la femme. Marineta s'avance à son tour un sourire plaqué sur son visage, ignorant la main tendue de la jeune femme, la prend dans ses bras et plaque un baiser sonore sur chacune de ses joues, elle fait de même avec Monika qu'elle fait mine de soulever sans y arriver avec des grimaces de clown facétieux. La fillette rit aux éclats, Luana se détend, il y a si longtemps qu'elle n'a pas entendu l'enfant rire ainsi.*

La sœur d'Anto les invite à entrer dans la maison, le hall d'entrée est minuscule, quasi inexistant, il donne sur une belle cuisine ensoleillée où les couleurs verte et bleue dominent largement, du revêtement en bois sur les murs aux portes fenêtres, en passant par l'îlot central qui crée une barrière visuelle avec l'espace salon qui se compose d'un poêle en bois encastré à l'intérieur d'une cheminée, une belle table en bois trône au milieu de la pièce, deux bancs en guise de chaise, deux grands sofa en velours bleu où sont disposés des dizaine de coussins complètent le tableau

Ils montent à l'étage, les murs bleus et la rampe bois de rose font sourire Luana, c'est si inhabituel, Françoise aurait une attaque devant cette débauche de couleurs. Sur le palier une première chambre, c'est là que dormira le couple, un grand lit à baldaquins recouvert d'un plaid de couleur écru, deux fauteuils en tissus de chaque côté du lit, une commode en bois de chêne surmontée d'un miroir ovale de belle dimension, un petit tabouret sur lequel reposent quelques magazines, Marineta explique qu'il n'y a pas de penderie dans la chambre, ils peuvent utiliser celle qui se trouve sur le palier juste à côté de sa chambre, un peu plus loin une des chambres d'amis, ce sera la chambre de Monika, plus petite que celle du couple elle n'en demeure pas moins accueillante, point fort une petite bibliothèque garnie de bandes dessinées rédigées en Croate, Monika s'y précipite, tandis que Luana fait le tour de la pièce, la fillette dispose d'un lit adapté à sa taille, d'une petite armoire bleue pour ranger ses affaires et d'un bureau en bois de la même couleur sur lesquels on a déposé des feutres et des cahiers de dessin et des photographies d'animaux, visiblement la tante de la fillette a tout prévu pour que sa nièce puisse se sentir à son aise, Luana en est très touchée, Anto ne fait aucun commentaire, ne manifeste aucune émotion, Comment ces deux-là peuvent-ils être frère et sœur ça dépasse l'entendement, la visite se poursuit, deux salles de bains au bout du couloir, chacune possède une baignoire verte, sols et murs assortis. Au deuxième étage un bureau bibliothèque, une troisième salle de bains et une petite pièce servant visiblement de débarras.

Le dîner sera servi à 19 heures trente, c'est Marineta qui le préparera avec l'aide de Meribeth, sa femme de ménage et son amie précise-t-elle, elle les laisse s'installer tranquillement, la porte se referme sur elle, Luana déballe ses affaires, Anto en fait de même.

19 juillet 2002, il est encore trop tôt pour que le très dynamique quartier central d'Inverness soit pris d'assaut par les touristes fort nombreux en cette période estivale, Marineta a proposé une balade matinale dans les marchés victoriens (Victorian Market) suivie d'une incursion dans les boutiques du centre commercial d'Eastgate, avec pour objectif revendiqué par la pétulante quinquagénaire, gâter Monika, Anto a fait mine de s'offusquer sans paraître crédible, Luana s'est tue, elle n'a aucune raison d'intervenir d'autant plus que la tante de la fillette lui a confié autour d'une tasse de thé et de scones fourrés qu'elle voulait profiter de leur séjour pour parvenir à lui rendre un peu le sourire, Elle la trouve pâlotte et un peu trop maigre, Luana s'est sentie visée par ce constat qui quelque part a résonné en elle comme un reproche, elle a cru devoir se justifier sur un ton plus véhément qu'elle ne l'aurait souhaité, la sœur d'Anto a spontanément posé la main sur la sienne et s'est alors livré à des confidences pour le moins inattendues sur son frère, visiblement l'affection qu'elle lui porte ne l'empêche pas d'être lucide sur la personnalité de ce dernier, elle n'ignore pas que son frère cadet est caractériel, maladivement possessif, sa première épouse ne s'est pas enfuie pour rien, est-il brutal avec elle aussi ? Son intérêt semble sincère, Luana a pensé s'en faire une alliée puis s'est ravisée au dernier moment, elle risquerait de passer pour une mythomane, Même Marineta ne peut soupçonner le degré de perversité de son compagnon. Luana aurait bien aimé en savoir un peu plus au sujet de la maman de Monika, elle s'en ouverte à la sœur d'Anto mais l'arrivée inopinée de ce dernier ne lui a pas permis d'y apporter de réponses.

Les trois femmes ressortent du centre commercial, les bras chargés de paquets, Marineta propose de faire un saut chez elle afin d'y déposer leurs emplettes, Anto fait un peu la tête mais n'ose pas contrarier sa sœur.

Ils traversent le pont suspendu qui borde les rives du Loch pour arriver sur le quai de Huntly Street, de part et d'autres de Douglas Row les élégantes demeures fleuris les font s'arrêter un instant, Luana sous le charme ne cesse de prendre des photos, encouragée par Monika qui prend la pose avec des mimiques de star faisant rire aux éclats sa tante qui se joint à elle, Anto fait remarquer qu'elles attirent l'attention, personne ne lui prête cas, ils passent l'heure qui suit à déambuler dans les pittoresques rues environnantes, il n'est pas loin de 12 heures trente, Marineta propose de déjeuner au Castle Tavern, un pub rétro, son restaurant à l'étage offre une jolie vue sur le château. L'après-midi sera consacré à la découverte du célèbre champ de bataille de Culloden ainsi que du site de Clava Cains.

25 juillet, Luana est très mélancolique ce matin, déjà six jours qu'ils ont posé leurs bagages chez la sœur d'Anto, le temps a passé relativement vite, de

la découverte de la capitale des Highlands, de Fort Williams au Loch Ness, de Fort Augustus jusqu'à l'étonnant village de Drumnadrochit tout n'a été qu'enchantement grâce au dynamisme et à la gentillesse de Marineta.

Dans quatre jours ils seront de retour à Dubrovnik, Anto doit reprendre le travail, Marineta a alors suggéré que sa compagne et sa fille restent encore chez elle, il y a encore tant de belles choses à découvrir, pourquoi ne pas en profiter encore un peu, son frère a failli en avoir une attaque, Marineta ne s'est pas laissée démonter devant son visage fermé, il a promis de réfléchir, il a néanmoins fait remarquer à sa sœur qui a fait mine de ne pas entendre qu'il serait probablement difficile de changer les places au dernier moment.

Dans une heure ils vont découvrir Strathpeffer, une ancienne station thermale renommée, jadis l'eau de cette petite ville était censée soulager les tuberculeux, c'est un lieu touristique qui a conservé une grande attractivité de par son architecture victorienne raffinée, Luana a accepté avec un plaisir non dissimulé d'autant plus que Anto ne sera pas de la partie, il a signifié son désir de se reposer devant un bon livre, de plus il attend un appel du palais des recteurs où son directeur adjoint semble avoir quelques soucis.

Chapitre 9 - De nombreuses zones d'ombre

29 juillet, Monika n'a pas cessé de sangloter depuis qu'ils ont quitté Inverness, la veille au soir Anto et Marineta se sont sérieusement querellés, l'homme ayant refusé catégoriquement de rentrer sans les deux femmes, sa sœur s'est laissé aller à lui révéler tout ce qu'elle avait sur le cœur, ça l'a rendu fou de rage laissant ainsi apparaître son vrai visage, Marineta l'a supplié de mieux se comporter, a déclaré qu'il lui faisait honte, qu'il ne méritait pas une compagne et une fille aussi adorables et que leurs parents se retourneraient dans leurs tombes s'il pouvait voir le comportement de leur fils, il a cassé quelques objets au passage et est sorti en claquant la porte, toutes trois ont espéré qu'il ne revienne pas, mais il est revenu plus déterminé que jamais à imposer sa volonté.

Marineta n'est pas parvenue à raisonner son frère, avant leur départ Monika et Luana se sont rendues dans sa chambre, elles se sont enlacées toutes trois en se promettant de se revoir et de ne rien lâcher.

L'avion pour Dubrovnik vient de décoller, il devrait se poser aux environs de huit heures sur l'aéroport croate. Luana a passé une partie de la nuit à réfléchir, à trois heures du matin elle est descendue dans la cuisine se faire une infusion, Marineta l'a rejointe, cette dernière a évoqué la possibilité de quitter l'Ecosse afin de se rapprocher de sa nièce, son métier de biographe peut s'exercer n'importe où, de plus son amour de jeunesse Erwan pour lequel elle s'était exilée à Inverness n'étant plus de ce monde, rien ne la retient désormais. Elle a ajouté qu'il est temps pour elle de retrouver sa patrie. Le temps de vendre la maison et de s'acheter un appartement à Dubrovnik.

Un coup discret à la porte interrompt Luana, Côme pense à la mère de Françoise, la jeune femme a dû lire dans ses pensées, non sa mère a ses clés, ses amis peut-être ? Ils doivent s'impatienter, Côme fait un bond hors du divan, il les avait complètement oubliés, il demande à Luana de l'excuser et se dirige vers la porte qu'il ouvre toute grande sur Sabrina et Alban. Ils vont devoir rentrer sur Gonfaron, plus d'une heure s'est écoulée depuis que le jeune homme les a quittés. Vient-il avec eux ? Côme secoue la tête, non il ne rentre pas encore, il trouvera bien un bus, un taxi pour rentrer au pire il fera du stop. Sabrina n'insiste pas, elle lui recommande d'être prudent et de ne pas hésiter à les appeler s'il avait le moindre souci.

Côme acquiesce tout en refermant rapidement la porte, il n'a qu'une hâte retourner auprès de Luana, Celle-ci s'est levée pour préparer du thé. Il se rassoit, Tanguy à ses pieds qui le contemple comme s'il craignait de le voir repartir. Le téléphone de Luana retentit brisant la plénitude de l'instant, il comprend qu'elle s'adresse à sa mère, visiblement celle-ci la prévient qu'elle ne rentrera pas ce soir. Lorsque la jeune femme revient avec le plateau qu'elle manque de renverser il se précipite à son secours, Luana semble soucieuse, il ne peut s'empêcher de lui demander si tout va bien.

Elle affiche un sourire un peu contraint en lui expliquant que sa mère a dû subir une petite intervention chirurgicale en ambulatoire à l'hôpital de Brignoles mais que par précaution le chirurgien la garde en observation pour la nuit, elle a un peu de température.

Côme s'efforce de trouver les mots pour la rassurer, elle se détend peu à peu, esquisse un sourire lorsque son menton frôle son visage en la servant et contre toute attente l'attrape par le cou en l'attirant vers elle, il sent son odeur, reconnaît son délicat parfum de lavande et plonge son regard dans le sien et manque défaillir de bonheur, ce qu'il y lit ne laisse aucune ambiguïté sur les intentions de la jeune femme.

29 août 2014, l'homme marche d'un pas assuré, il est huit heures du matin, peu de monde à cette heure-ci, quelques rares passants au détour des petites rues emplies de soleil s'étonnent en reconnaissant le chien qu'il tient en laisse de ne pas voir sa maîtresse, Côme se sent obligé de les saluer et d'expliquer, répondre que Luana est fatiguée, ils devront se contenter de cette explication, Tanguy s'impatiente, il accélère le pas en descendant la petite pente juste à côté du moulin à huile et longe les berges du lac, Côme connaît bien cet endroit, il vient parfois s'y promener avec Alban, l'endroit est apaisant, propice à la détente. Il s'assoit un instant sur un banc observant le chien qui joue à attraper les insectes qui volent autour de lui, Côme se sent tellement heureux qu'il voudrait pouvoir le hurler au monde entier, lui qui quelques jours auparavant avait voulu mettre un terme à son existence persuadé qu'il avait perdu Luana à tout jamais et voilà que celle-ci venait de lui offrir la plus belle nuit de sa vie. Tanguy se met soudainement à courir, Côme tente de le suivre mais le chien est trop rapide, craignant de le perdre de vue, il accélère le pas, longe les bungalows du camping où la vie s'éveille en musique et aperçoit le

chien qui gambade autour d'un couple tenant en laisse un golden retriever. La femme le regarde arriver tout en le désignant de la main à son compagnon, Côme réalise en un éclair qu'il doit s'agir d'Adrien le cousin de Luana et son épouse, la jeune femme l'a prévenu qu'il risquait probablement de les croiser s'il descendait au lac. Il va à leur rencontre, après tout il n'a rien à cacher, autant les affronter avec le sourire.

— Bonjour, Côme Sournin, je suis un ami de Luana, vous devez être Adrien et je suis désolé j'ai oublié votre prénom

L'épouse du cousin de Luana ne semble pas le moins du monde offensée, elle se présente avec un grand sourire, elle s'appelle Louise et se déclare enchantée de faire la connaissance d'un ami de Luana.

Son compagnon n'a encore rien dit se contentant d'examiner Côme des pieds à la tête le visage impassible, visiblement il a réussi l'épreuve puisque l'homme se détend et lui tend à son tour une main ferme, que soulagé, il s'empresse de serrer.

Ils discutent de tout et de rien tandis que Tanguy et le golden retriever répondant au nom de Wolf gambadent autour d'eux, Adrien explique que le chien est fugueur, il ne le lâche que lorsqu'il est certain de ne pas le voir disparaître de sa vue, à priori lorsque Tanguy est présent il se contente de le suivre sans trop s'éloigner. Louise s'enquiert de savoir s'il est là pour quelques jours, Côme répond qu'il ne peut s'absenter plus longtemps, il dirige une petite entreprise artisanale au Cannet des Maures, la conversation s'oriente tout naturellement sur l'atelier de fabrication des fromages de chèvre, Louise est la responsable de l'unique supérette de Besse, elle collabore avec les artisans du secteur pour proposer des produits locaux, Côme pourrait-il lui faire visiter ses ateliers ?

Côme acquiesce, bien évidemment, ils seront les bienvenus quand ils le voudront. Ils cheminent ensemble jusqu'à la maison des Dallauris et prennent congé après avoir échangé leurs numéros de téléphone, Louise le charge d'un message pour Luana, elle l'appellera un peu plus tard dans la journée pour prendre des nouvelles de sa mère, Côme promet de transmettre le message, il a cru bon de préciser que la mère de Luana se trouvait encore à l'hôpital lorsqu'au détour d'une rue Louise a fortuitement évoqué l'intervention qu'avait dû subir Françoise.

Luana s'est levée pour préparer le petit déjeuner, probablement que Côme aura faim, elle n'a pas osé soulever le rideau lorsque ses cousins se sont arrêtés devant la maison, elle a pu toutefois saisir quelques bribes de leur conversation, visiblement ils ont sympathisé tous les trois, il y a encore quelques mois ça l'aurait contrariée, aujourd'hui les choses sont différentes, Luana s'autorise à vivre à nouveau et peut-être à aimer.

10 octobre 2014, Luana finit de remplir les sacs qui jonchent le sol du rez-de-chaussée, Alban est passé récupérer les affaires à jeter, il les déposera à la décharge municipale dès demain, Côme a déjà fait plusieurs voyages avec Adrien et Jules pour transporter le mobilier jusqu'à Besse.

Luana a pris la décision d'aller vivre avec sa mère, celle-ci fragilisée depuis le décès de Louis ne pouvait décemment continuer à vivre seule, la jeune femme a donc mis sa maison en vente, elle a confié les clés à l'agence du village qui se chargera des éventuelles visites. Les années ont passé et l'espoir d'avoir enfin des nouvelles de Monika s'est réduit comme peau de chagrin, c'était pour elle que Luana avait acheté cette maison, dans l'espoir qu'elles y vivent un jour toutes les deux. Les investigations menées par trois agences de détectives privés en Croatie n'ont rien donné, la jeune fille semble s'être évaporée, on perd sa trace dès sa sortie de l'orphelinat de Zagreb.

Côme passe désormais tous ses week-end à Besse-sur-Issole, il a fait la connaissance de la mère de Luana, le courant est tout de suite passé entre eux, lorsque celle-ci les entend plaisanter elle ne peut s'empêcher d'avoir une pensée pour Louis, il se serait si bien entendu avec Côme, c'est une évidence pour elle, cette pensée l'attriste car le sort s'est acharné sur elle une fois de plus, le décès de Louis est encore une épreuve qu'elle doit endurer, comme si le malheur ne prenait jamais de vacances.

Louise l'appelle du rez-de-chaussée, une grosse malle à ses pieds, elle voudrait savoir si elle doit être emportée aujourd'hui, Luana s'avance sur le palier et du haut des marches répond par l'affirmative, elle trouvera bien un endroit pour la caser, l'épouse de son cousin lui rappelle que Jules son beau-père a mis à sa disposition l'un de ses garages.

Luana fait mine de ne pas entendre et change de sujet, toute ces attentions la mettent très mal à l'aise, ces années à Dubrovnik ont développé chez elle des instincts de défense excessifs, être redevable de quoi que ce soit et à qui que ce soit en est un. Repliée sur elle-même depuis tant d'années, la jeune femme perçoit l'autre comme un éventuel danger, ne parvient pas à faire totalement confiance.

Elle ressent une immense frustration de n'avoir pas pu aller jusqu'au bout de cette confession qu'elle avait ébauchée le jour où

Côme et elle se sont retrouvés, il y a tant de choses à dire encore, tant de zones d'ombre, de douleurs enfouies qu'elle voudrait partager, Monika surtout, il faut qu'il sache qu'elle reste sa priorité, qu'il comprenne qu'elle ne renoncera jamais à la chercher, comment prendra-t-il la chose d'ailleurs ? l'homme est jeune, fougueux et très amoureux, ça elle l'a bien compris. Et s'il exigeait la première place, lui conseillait de tourner la page ça en serait fini de leur histoire.

Chapitre 10 - Un courrier inattendu

Luana a eu le souffle coupé, ses jambes ont failli se dérober sous elle lorsque la factrice a tourné les talons, après lui avoir remis un courrier recommandé en provenance de Croatie, depuis plusieurs mois déjà la jeune femme a renoncé à poursuivre les recherches et mis pour cela un terme à ses contrats avec les trois agences de détectives privés qui ont sérieusement mis à mal son budget. Lorsque Françoise rentre du marché elle s'étonne du silence qui règne dans la maison, sa fille a l'habitude de faire son ménage en musique, elle a beau tendre l'oreille aucun son ne parvient de l'appartement, même Tanguy paraît amorphe, il a peine tourné son regard vers elle lorsque la porte d'entrée s'est ouverte, inquiète Françoise toque à la porte et attend, pas de réponses, si sa fille était tombée, s'était blessée ?elle se rue sans plus attendre à l'intérieur, personne apparemment, son esprit se met à galoper, Luana ne serait pas sorti sans la prévenir, sa béquille est à sa place, elle ne peut se déplacer sans elle, elle compose frénétiquement le numéro de portable de la jeune femme, quelques secondes plus tard, l'air de la calomnie du barbier de Séville emplit la pièce, Françoise se dirige en tremblant vers l'alcôve plongée dans l'obscurité, c'est de là que provient la musique, elle découvre sa fille assise à même le sol la tête entre les bras, son corps entier est secoué de spasmes, elle tient une lettre serrée dans sa main, Françoise se dirige sans perdre un instant vers la table de nuit où elle en extrait une seringue remplie de liquide qu'elle injecte sans attendre dans la cuisse de Luana puis se laisse glisser sur le sol pour la tenir tout contre elle le temps que le médicament agisse.

Luana reprend peu à peu ses esprits, les tremblements ont cessé, sa mère l'aide à se relever et la cale sur le sofa, elle a au passage récupérée la lettre qui jonchait désormais sur le sol, Françoise la dépose sur le petit guéridon en marbre sans y jeter un regard, elle attendra que Luana soit en état de lui dire ce qu'elle contient. La sonnerie du téléphone interrompt sa réflexion, le répondeur se déclenche, la voix de Côme retentit dans la pièce, il voudrait les inviter à déjeuner chez lui ce week-end, Sabrina et Alban seront présents précise-t-il, il passera dans l'après-midi pour en discuter.

Françoise observe les réactions de sa fille, l'appel de son compagnon semble l'avoir un peu revigorée puisqu'elle tente de se lever du fauteuil, ses jambes sont encore trop faibles, elle se rassoit résignée et demande à sa mère si elle peut lui préparer un thé vert, celle-ci s'exécute trop heureuse d'entendre à nouveau le son de sa voix.

C'est sur la balancelle du jardin qu'elles le dégusteront, Luana ayant demandé à Françoise de l'y emmener, il fait si beau pour un début de mois de décembre, on se croirait au printemps tellement l'air est doux.

— Et si tu me disais pourquoi cette lettre t'a mise dans cet état ? Qu'as-tu lu de si grave, c'est au sujet de la petite ?

Luana a de nouveau ce regard étrange et lointain lorsqu'elle lui répond

— Prends la lettre dans la poche de mon peignoir, lis-la tu comprendras, je n'ai pas le courage de t'expliquer, je suis trop fatiguée

Fébrilement Françoise récupère la lettre et commence à la lire, elle provient du cabinet d'un avocat français, son nom lui semble familier, Maître Morusa, elle réalise alors qu'il s'agit de l'avocat sollicité par Louis lors de la mise en examen de Luana lors du décès d'Anto Banski il y a bien longtemps, les souvenirs douloureux affluent dans sa mémoire, l'homme effectuait des recherches de son côté pour retrouver la trace de Monika il semble que cela ait enfin porté ses fruits puisqu'il aurait retrouvé la trace de la jeune femme âgée aujourd'hui de 22 ans. Elle résiderait à Ugljan, une petite île de l'archipel Zadar en mer Adriatique.

Françoise contient ses larmes, toutes ces années à espérer jusqu'à ce que le découragement la gagne elle aussi et voilà que l'espoir renaît sous la forme d'un morceau de papier impersonnel qu'elle lit et relit pour bien s'assurer qu'elle ne rêve pas.

— Je vais partir là-bas maman, je veux la voir, il faut que je sache si elle va bien, la serrer dans mes bras, l'embrasser.

Françoise lâche la lettre sous l'effet de la surprise, Luana aurait-elle perdu la tête, a-t-elle réellement conscience de ce qu'elle avance, envisager un voyage en Croatie dans son état relève de la pure folie, comment lui faire entendre raison, elle prend sur elle pour ne pas insister, elle ne connaît que trop bien le caractère entêté de sa fille, tout le portrait de son père et c'est peu dire. Françoise espère trouver en Côme un allié de poids, l'homme sincèrement épris de la jeune femme saura trouver les arguments pour la dissuader de s'aventurer seule si loin. Elle trouvera bien un moyen de s'isoler avec lui tout à l'heure, reste à trouver comment !

16 heures, la sonnerie de la porte d'entrée retentit, Luana est allée répondre, Françoise ne bronche pas, elle laisse l'intimité nécessaire aux retrouvailles des deux amoureux et descendra un peu plus tard pour saluer Côme, pourvu que le subterfuge qu'elle a eu tant de mal à mettre au point fonctionne.

Plus d'une heure s'est écoulée depuis l'arrivée du compagnon de Luana, Françoise prenant une grande inspiration, réajuste sa tenue et sa coiffure descend les quelques marches qui la séparent du logement de Luana et toque à la porte de l'appartement de sa fille d'une main faussement assurée, c'est Côme qui vient lui ouvrir, il la salue chaleureusement comme à l'accoutumée et s'efface pour la laisser entrer, revigorée par cet accueil, Françoise se jette à l'eau d'un ton qu'elle espère le plus naturel possible.

— Je vais être obligée de vous solliciter Côme pour m'escorter jusque chez une connaissance qui réside de l'autre côté du lac madame Muraire, je lui ai promis de récupérer un petit buffet dont elle cherche à se débarrasse depuis bientôt deux semaines, je n'ai pas osé vous en parler puisqu'elle avait proposé de m'envoyer son époux mais celui-ci a un lumbago et…

— N'en dîtes pas plus chère Françoise, vous pouvez compter sur moi, c'est quand vous voulez, maintenant si ça vous va ?

Françoise acquiesce immédiatement, elle ne se serait pas attendue à une autre réaction, l'homme est serviable, toujours prêt à rendre service, et Noémie Muraire sera ravie de pouvoir enfin se débarrasser du meuble dont elle n'a plus l'usage depuis l'installation de sa cuisine intégrée.

Luana n'a pas ouvert la bouche mais l'éclat de ses yeux contraste avec le silence qu'elle affiche, Elle n'est visiblement n'est pas dupe du prétexte trouvé par sa mère pour se trouver en tête à tête avec son compagnon, elle s'abstient cependant d'intervenir mais Françoise se doute qu'elle devra tôt ou tard lui fournir une explication sur une attitude un peu cavalière à laquelle elle ne l'a pas habituée.

Il faut traverser le village et se garer à l'ombre d'une des nombreuses fontaines pour rejoindre la maison de Noémie, Côme descend rapidement et contourne le break pour aider Françoise à descendre, la marche est un peu trop haute pour elle, il est un peu tendu depuis que la mère de Luana lui a avoué le stratagème pour s'entretenir en tête à tête avec lui. Ils marchent désormais l'un à côté de l'autre dans un silence quasi religieux, la maison de Noémie se situe juste en face de l'unique supermarché du village, Françoise désigne un banc en retrait à l'ombre d'un vieux chêne juste et propose de s'y asseoir un instant.

Côme résigné obtempère sans sourciller et se déclare prêt à entendre ce qu'elle a lui dire, il se surprend à formuler des prières silencieuses, pourvu qu'elle ne lui apprenne pas que sa fille est atteinte d'une grave maladie, son calme relatif n'est qu'une façade qu'il craint de voir s'effondrer sous le poids d'une révélation qu'il redoute.

22 heures le soir même, Alban fait les cent pas dans la chambre, Sabrina exaspérée lui demande de s'asseoir, il va finir par lui donner la migraine s'il ne se calme pas, Côme a surgi à l'improviste alors qu'ils allaient se coucher, s'excusant du bout des lèvres de les déranger à cette heure tardive, Sabrina a failli le renvoyer chez lui avec quelques remarques bien senties sur son sang gêne, elle s'est ravisée lorsqu'elle a vu l'état d'agitation dans lequel il semblait se trouver et les relents de vin qu'il dégageait. Probablement une dispute avec Luana a-t-elle songé, compatissante elle l'a fait entrer et lui a même offert un café pour le dégriser pendant que son époux baillant à s'arracher la mâchoire revenait s'asseoir sur le canapé, une expression de condamné à mort sur le visage, Alban n'est pas du soir. Sabrina trépigne, Côme prend tout son temps pour boire son café, qu'avait-il donc de si grave à leur dire qui ne pouvait attendre le lendemain lui fait remarquer l'épouse d'Alban, ça le fait réagir il lui présente ses excuses il n'aurait jamais dû venir les déranger à une heure si tardive, il était si préoccupé en quittant la maison de Françoise qu'il a pris sans trop réfléchir, presque machinalement la route menant à leur maison, il se redresse brusquement manquant de faire chuter la tasse de café vide, Alban d'une main ferme posée sur son épaule l'oblige à se rasseoir, Sabrina le ressert.

— Ah non mon gars maintenant que tu es là, tu vas nous dire ce qui t'arrive, pas question de te défiler.

Côme lui jette un regard chargé de gratitude, Alban est toujours là pour lui, c'est ça un véritable ami ! Il a quand même l'impression d'abuser un peu ce soir, il regrette quelque part cette impulsion qui l'a conduit ici sans réfléchir aux conséquences, il prend néanmoins une grande inspiration et démarre son récit par la révélation du subterfuge utilisé par la mère de Luana pour se retrouver en tête à tête avec lui.

Françoise était allée droit au but, sa fille avait fait un malaise le matin même en prenant connaissance d'un courrier arrivé de Croatie, celui-ci envoyé par l'avocat sollicité par Louis lors de l'incarcération de Luana mentionnait la présence de Monika sur l'île d'Ugljan située à quelques kilomètres de Zadar, Françoise avait alors avoué qu'elle avait perdue tout espoir de retrouver la trace de la jeune fille et que Luana n'y croyait plus non plus. Si Côme s'était figé lors de l'évocation de l'incarcération de Luana il s'était efforcé de n'en rien montrer mais avait réalisé avec effroi qu'il ne savait au fond que peu de choses sur celle dont il était tombé amoureux, il avait poliment laissé Françoise poursuivre se demandant où elle voulait en venir. Il avait cru rêver lorsque cette dernière avait évoqué le probable départ de sa fille pour Zadar, il n'en croyait pas ses oreilles, comment Luana pouvait-elle avoir perdu la raison au point d'envisager un tel voyage dans son état, la suite le laissa encore plus dubitatif.

Il prit néanmoins sur lui lorsqu'ils furent rentrés pour que Luana ne se doute de rien. Durant le dîner, il plaisanta comme à l'accoutumée sous le regard complice de Françoise qui lui avait arraché la promesse de ne pas aborder le sujet avant qu'elle ait regagné ses appartements. Luana très suspicieuse depuis leur escapade improvisée chez Noémie se renfrognait de plus en plus, Côme paniquait à l'idée de la discussion houleuse qui se profilait et abusait un peu trop du vin rosé qu'Adrien avait apporté de la coopérative le matin même.

Lorsque Françoise eut enfin regagné ses appartements les laissant seuls tous les deux la panique le gagna, comment allait-il pouvoir aborder le sujet puisque Luana s'obstinait à garder le silence et le fixait d'un air ironique comme si elle se doutait de ce qui se tramait. Il se maudit d'avoir eu la main leste sur la boisson, il se sentait vaseux, migraineux, il allait se vautrer et la perdre s'il abordait le sujet tabou mais trahir la promesse faite à Françoise il ne pouvait s'y résoudre. Il le fit maladroitement, alla droit au but en oubliant le tact dont il était pourtant coutumier alla jusqu'à lui interdire de partir en Croatie sous peine de rompre avec elle. Ce fut une grave erreur, Luana se mit dans une colère noire, de quel droit lui donnait-il des ordres, quelle mouche l'avait donc piquée pour qu'il se soit convaincu qu'entre Monika et lui elle hésiterait un seul instant, n'avait-il donc pas compris qu'aucun homme désormais ne pourrait disposer d'elle ni exiger quoi que ce soit, que son amour pour sa fille adoptive était la seule chose qui la maintenait encore en vie, qu'elle et elle seule comptait depuis toujours. Côme avait réagi au quart de tour, cruellement blessé par ces mots, sa maladie se réveillait, il parvint à lutter contre la violence qui montait en lui au prix d'un énorme effort et préféra tourner les talons avant d'ajouter des mots qu'il regretterait probablement toute sa vie.

Alban jette un regard inquiet en direction de son épouse, son visage congestionné et ses yeux qui lancent des éclairs ne laissent aucun doute sur ce qui se prépare.

Côme le nez dans son mug de café ne vit pas arriver la mal parade, comme la foudre qui s'abat sans prévenir, Sabrina outrée par ce qu'elle qualifiait de machisme révoltant, d'indécent s'était dressée les mains sur les hanches en tapant sur la table, un geste théâtral qui surprit les deux hommes. Toutes griffes dehors Sabrina défendait Luana, dévoilant une sororité dont elle ne se doutait pas elle-même mais dont le constat était sans appel, Côme s'était conduit comme le pire des abrutis, il aurait bien de la chance si elle acceptait de lui reparler un jour, pour qui s'était-il pris pour oser faire un chantage pareil à Luana ? Avait-il perdu la tête ?

Cette dernière phrase lui fit l'effet d'un électrochoc, totalement dégrisé il prit enfin conscience de ce qu'il avait osé faire et la tête entre les mains s'effondra sur la table en se traitant de tous les noms. Alban interloqué ne disait rien, lui si prompt à intervenir pour porter secours à son pote ne lui trouvait pour une fois aucune circonstance atténuante. Sabrina d'un signe de tête désigna l'étage, Alban l'y rejoignit au bout de quelques secondes, ils se mirent rapidement d'accord, pas question de laisser Côme rentrer chez lui ce soir, Sabrina proposa de déplier le clic-clac du divan, Alban courut lui chercher un de ses pyjamas.

A quelques kilomètres de là un autre drame se jouait, Françoise ayant entendu des éclats de voix s'était précipitée chez sa fille le temps d'apercevoir Côme quitter la maison en claquant violemment la porte derrière lui. Luana hystérique s'en prit à elle, comment avait-elle pu oser la trahir ainsi, pousser la perfidie à manipuler celui qu'elle aimait. Françoise épouvantée s'efforçait de la calmer sans pour autant y parvenir, tout cela lui échappait, elle qui avait cru bien faire en essayant de convaincre Côme de dissuader Luana d'entreprendre un tel voyage n'avait réussi qu'à semer le trouble entre ces deux-là. Elle dut se résigner à remonter chez elle sans être parvenue la calmer, il ne fallait pas insister quand sa fille se mettait dans cet état, ces années de souffrance avaient fait d'elle une toute autre personne, si seulement Louis était encore en vie, il aurait su lui trouver les mots pour raisonner sa fille, essuyant les larmes qui commençaient à inonder son visage elle se prépara une verveine, avala un léger somnifère et se réfugia dans son lit la fatigue la gagnait, demain il ferait jour, Luana serait peut-être mieux disposée à écouter ce qu'elle avait à lui dire.

Chapitre 11 - Les retrouvailles

5 novembre 2014, le chauffeur de taxi a repéré avant qu'elle ne lui fasse signe la jeune femme blonde assise sur une valise à roulettes bien trop grande pour elle, encore une touriste paumée, il se dirige vers elle le visage fermé presque hostile lorsque son regard se pose sur la béquille posée en évidence sur le sac de voyage un peu en retrait, surpris il marque un temps d'arrêt, il ne s'attendait pas à ça, c'est toutefois dans la langue de son pays, le croate, qu'il s'adresse à elle, histoire de rire un peu, c'est dans un croate parfait qu'elle lui répond, l'homme déconcerté marmonne dans sa barbe et charge les bagages dans le coffre sans plus attendre tandis que sa cliente s'installe à l'intérieur du véhicule, il démarre rapidement. Zadar n'est qu'à vingt minutes de l'aéroport lorsque le trafic est fluide ce qui ne sera probablement pas le cas à cette heure-ci. Une demi-heure plus tard il la dépose devant l'entrée de l'hôtel Delfin situé dans le quartier de Diklo au nord de la ville, le voyage l'a épuisée mais elle s'efforce de se tenir le plus droite possible en s'appuyant sur sa béquille lorsqu'elle récupère la clé de sa chambre à l'accueil. Sa chambre est située au premier étage, un touriste anglais croisé dans le hall d'entrée l'aide à sortir de l'ascenseur et l'escorte jusqu'à sa chambre en portant ses bagages, Luana quoique fort gênée le remercie et referme en toute hâte la porte derrière elle dès que l'homme a tourné les talons. La pièce est lumineuse, baignée de soleil, la baie vitrée offre une vue imprenable sur la mer. Loin du centre historique ce quartier aux allures de station balnéaire est relativement bien desservi, seul bémol il lui faudra traverser à nouveau une partie de la ville pour prendre un ferry qui la déposera au port de Preko, c'est seulement de là qu'elle pourra rejoindre l'île d'Ugljan à environ sept kilomètres de là.

Sans prendre le temps de se changer Luana s'allonge sur le lit où elle sombre rapidement dans le sommeil, des heures et des heures qu'elle ne dort pas enchaînant correspondance sur correspondance pour parvenir à destination.

Lorsqu'elle se réveille la chambre est plongée dans la pénombre, elle s'est assoupie plus longtemps que prévu, son téléphone lui indique six appels en absence, quatre proviennent de Françoise, les deux autres sont de Côme. Luana choisit de rappeler sa mère, elle efface ceux de son ex-compagnon sans les avoir écoutés.

Françoise décroche à la première sonnerie, Luana se veut rassurante, elle est bien arrivée à bon port sans encombre, le voyage a été très long, elle a quitté la veille à 15 heures le village de Besse pour se rendre à l'aéroport de Marignane afin de prendre le vol direct de 19 heures pour Zadar, celui-ci ayant été déprogrammé de plusieurs heures elle a dû passer la nuit dans un hôtel à proximité. Françoise aurait tant voulu l'accompagner mais Luana n'a rien voulu entendre et a fait la sourde oreille devant l'insistance de sa mère qui la suppliait d'accepter sa présence durant ce long voyage, elle a même évoqué la possibilité qu'elle soit confrontée à une désillusion, l'avocat avait pu se tromper ! Luana excédée avait mis un terme à la discussion refusant d'en entendre plus.

Elles discutent encore quelques minutes puis Luana met un terme à une discussion qui s'éternise promettant de la rappeler le lendemain dès qu'elle sera rentrée de Ugljan et qu'elle aura vu Monika, son estomac crie famine, ayant dû se contenter de collations depuis plusieurs heures elle aspire à un vrai repas ce soir et la carte du restaurant semble prometteuse.

6 novembre 2014, le port de Preko est quasiment désert à cette heure si matinale, Luana grelotte en remontant le col de son manteau, trente minutes de traversée sur une mer houleuse lui ont déclenché des vertiges intenses, il faut encore qu'elle trouve un moyen de transport pour rejoindre l'île d'Ugljan qui se situe à sept kilomètres. Le découragement la gagne, elle a présumé de ses forces, elle prend enfin conscience des risques encourus dans son état et se maudit d'avoir refusé la présence de sa mère à ses côtés. Si seulement elle avait pu reléguer son orgueil et sa susceptibilité au grenier pour une fois mais il a fallu qu'elle s'entête, elle pleure à chaudes larmes sur ce banc de pierre glacé avec pour seuls témoins de son infortune les rares mouettes qui s'agglutinent sur le port devenu désert depuis le départ du ferry.

Elle parvient à se ressaisir au prix d'un énorme effort, avoir accompli ce voyage ce n'est pas pour faire demi-tour comme elle était sur le point de le faire, un taxi vient de déposer des passagers pour le prochain ferry elle fait signe au chauffeur qui s'immobilise le temps qu'elle parvienne à sa hauteur, leur échange est de courte durée, il accepte sans hésiter de la conduire à Ugljan qui fait partie de son itinéraire même si la plupart des touristes préfèrent prendre la direction de la baie de Muline pour découvrir les plages de sable en toute saison. La route est agréable Luana se détend un peu, le chauffeur roule lentement sans parler, il écoute la radio, l'île verte surnommée aussi l'île d'olive en raison de ses nombreux oliviers qui font sa réputation déroule un panorama grandiose sur l'archipel de Zadar, Monika a la chance de vivre ici songe-t-elle, elle fouille fébrilement dans son sac à la recherche du dossier envoyé par l'avocat quelques jours avant son départ, l'adresse de la jeune fille s'y trouve ainsi que d'autres renseignements la concernant. Le détective mandaté par le cabinet a fourni un dossier complet, un travail d'investigation sérieux et poussé au vu des éléments fournis, photos de la jeune femme, lieu de travail, habitudes, fréquentations, il semblerait qu'elle ait un compagnon qui selon les mêmes sources aurait quitté l'orphelinat en même temps qu'elle. Luana a conscience de jouer gros dans cette histoire, rien ne lui permet d'affirmer qu'elle sera bien reçue, plus de dix longues années se sont écoulées, elle avait juré à Monika qu'elle ne l'abandonnerait jamais et elle n'a pas pu tenir son engagement, elle lui doit une explication et même si la jeune femme ne la croit pas, ne lui pardonne pas il faudra qu'elle entende sa version. Le chauffeur de taxi la dépose à l'adresse indiquée un quart d'heure plus tard. Le supermarché où travaille Monika n'est qu'à deux rues de là, elle s'y dirige lentement les mains moites et le cœur battant la chamade, pourvu qu'elle ne perde pas connaissance si près du but. Elle dépasse l'office de tourisme pour arriver sur une petite placette très animée, bars, restaurants et discothèques ainsi que deux magasins de souvenirs, juste en face se trouve le Ugljan Market, Luana vacille, ses forces l'abandonnent, comment va-t-elle être reçue, Monika la reconnaîtra-t-elle ? Trop tard pour reculer, elle puise en elle l'énergie qui lui reste pour franchir les cinquante mètres qui la séparent de l'entrée du magasin. Peu de monde dans les rayons, une femme âgée qui déballe des cartons de conserves avec l'aide d'un jeune homme blond que Luana identifie rapidement comme Miljenko le probable compagnon de Monika qui lui jette un regard indéchiffrable aucun signe de vie néanmoins de la jeune femme, elle fait mine de se diriger vers la caisse après avoir attrapé au passage un paquet de biscuits et des chocolats, l'homme s'interrompt pour lui dire qu'il arrive, elle répond par un signe de tête incapable d'articuler le moindre son tellement son émotion est forte, ce n'est que quelques minutes plus tard lorsqu'il emballe ses emplettes dans un sac qu'elle se jette à l'eau.-

— Je vous prie de m'excuser, j'aurais voulu parler à Monika, je suis venue de très loin, de France en fait pour la voir, pourriez-vous me dire où je pourrais la trouver, ma démarche vous surprend certainement mais je suis…

A sa grande surprise l'homme a levé la main comme pour la dissuader de continuer à parler et s'adresse à elle dans un français approximatif mais très correct.

— Je sais qui vous êtes madame, je vous ai reconnue dès que vous êtes entrée, Monika m'a montré des photos de vous, vous n'avez pas changée, je suis Miljenko Kozarico, c'est ma compagne que vous cherchez, je m'attendais à vous voir car un homme a appelé il y a quelques semaines, il a dit à Monika que vous la recherchiez et vous voilà !

Luana s'est figée sous l'effet de la surprise, c'est bien la dernière chose au monde à laquelle elle s'attendait, elle se ressaisit comme elle le peut et demande alors s'il peut prévenir la jeune fille de sa présence sur l'île.

L'homme extirpe prestement un téléphone de sa poche et s'éloigne vers l'arrière-boutique, il parle tellement bas que Luana ne parvient qu'à saisir que quelques bribes de phrases.

Leurs échanges auront été très rapides, le voilà de retour, l'expression de son visage ne laisse rien transparaître lorsqu'il déclare que c'est réglé, il va la conduire à leur domicile, Monika est prévenue. Luana le remercie chaleureusement, l'employée n'a pas bronché et continue à ranger stoïquement la marchandise dans les rayons, Miljenko la prévient qu'il doit s'absenter un moment et qu'il lui confie le magasin. Luana le suit à l'extérieur, il désigne du doigt une rue à l'extrémité de la place et tout en parlant s'y dirige à vive allure, il précise qu'il faut la dépasser et prendre tout au bout une petite avenue qui grimpe un peu puis traverser pour aller de l'autre côté et dépasser trois maisons sur la gauche, la quatrième est la leur, il s'inquiète de savoir si elle peut aller si loin à pied, Luana le rassure, son handicap ne l'empêche pas de marcher mais de courir oui. L'homme a compris le message, il ralentit pour lui permettre de suivre à son rythme tout en s'excusant avec un large sourire, Luana le trouve extrêmement séduisant, Monika a bon goût, songe-t-elle, le dérisoire de la réflexion contrastant avec la tension extrême de la situation lui donne envie de pleurer mais ce n'est ni le lieu ni le moment. Miljenko marche à côté d'elle.

— Nous sommes presque arrivés s'exclame-t-il, voyez plus que trois maisons à dépasser, la nôtre est juste après, le chien qui aboie c'est Jarka, notre doberman, il a reconnu mon pas, il est intelligent, c'est Monika qui l'a dressé vous savez !

Luana ne trouve rien à répondre, le souvenir de la petite fille craintive et apeurée contraste étrangement avec la femme dont il lui parle, une sorte de pressentiment lugubre la submerge, leurs retrouvailles ne seront peut-être pas celles qu'elle espérait après tout, dix ans c'est long surtout lorsqu'on a vécu un tel drame.

Ils sont arrivés devant un portail en fer forgé blanc, les aboiements du chien sont assourdissants, Luana essaie de rester stoïque, le contraste entre son doux Tanguy et ce cerbère est saisissant, ce chien semble prêt à attaquer quiconque s'arrête devant sa maison, une voix de femme retentit un peu grave, un peu éraillée, le ton est ferme sans appel, le chien s'est figé instantanément, Miljenko s'efface pour la laisser entrer dans un petit jardin relativement bien entretenu, la femme s'avance à leur rencontre, c'est Monika, Luana sent les larmes couler sur son visage, ses yeux s'embuent tandis que la jeune femme s'avance vers elle, Monika a bien changé, difficile de reconnaître la petite fille brune aux grands yeux verts tristes dans cette jeune femme rousse aux cheveux courts au regard vif et acéré mais c'est bien elle, Luana donne libre cours à ses émotions et l'attrapant par le cou la serre contre elle à l'étouffer, la jeune femme s'est raidi à son contact, elle ne semble pas apprécier cette effusion, un silence pesant s'installe, même Miljenko semble mal à l'aise. C'est Monika qui s'écarte la première, elle se tient face à elle les bras croisés le visage fermé, Luana pétrifiée n'ose pas prononcer un mot, c'est la jeune femme qui rompt le silence la première par une phrase qui plonge Luana dans le plus grand désarroi :

— Tu t'es enfin souvenue que tu m'avais promis de revenir me chercher, remarque, tu as pris ton temps, c'est quoi ton excuse, ah oui je vois, d'être devenue une infirme, l'alibi parfait, irréprochable, incontestable bravo !

— Monika, pourquoi lui parles-tu ainsi, tu ne la laisses même pas s'expliquer, ne sois pas si méchante, ce n'est pas toi ça ?

Luana jette un regard de reconnaissance au compagnon de sa fille qui visiblement choqué n'a pas pu s'empêcher d'intervenir.

Monika lui jette un regard sombre puis finit par hausser les épaules et se retournant vers Luana lui propose de rentrer à l'intérieur sans y mettre beaucoup de conviction.

Les marches qui les séparent de l'entrée sont raides, Miljenko aide Luana à les monter tandis que sa compagne caresse son chien sans faire mine de les aider. Le vestibule est sombre et poussiéreux, une odeur âcre d'humidité et de moisi lui donne la nausée, Miljenko la fait entrer dans une sorte de salle à manger encombrée où se trouve un canapé rouge défraîchi sur lequel il lui propose de s'installer et devant son visage congestionné s'empresse d'aller lui chercher de l'eau fraîche, Monika les a rejoint, son regard se pose sur Luana, une furtive lueur interrogative passe dans ses yeux clairs, elle fait sortir le chien et s'assoit en équilibre sur un tabouret de l'autre côté d'une immense table en bois recouverte de taches de peinture tandis que Miljenko revient de la cuisine un verre d'eau à la main qu'il dépose sur un petit guéridon juste à côté de Luana, il prend congé, il doit retourner au magasin, il s'est déjà trop absenté, il explique que Monika et lui ne sont que les gérants de la supérette et que leur patron risquerait de se mettre en colère s'il ne le trouvait pas lorsqu'il fait sa tournée. La porte se referme sur lui les deux femmes sont seules, Monika s'est levée en marmonnant qu'elle allait faire chauffer du café, Luana l'aperçoit de dos dans la cuisine mais le tremblement de ses mains est toutefois perceptible, elle voudrait tant pouvoir la prendre dans ses bras, lui murmurer toutes les paroles d'apaisement qui la rassurait lorsqu'elle était enfant mais elle ne bronche pas lorsqu'elle la voit revenir vers elle et déposer un plateau où reposent deux mugs de café, deux assiettes ainsi qu'un moule à gâteau contenant de la rozata, une sorte de crème brûlée qu'elles adoraient préparer ensemble jadis, le souvenir de leur ancienne complicité lui étreint le cœur, Monika la scrute attentivement lorsqu'elle se sert d'une main hésitante et porte une première cuillerée à ses lèvres elle ne peut ignorer l'émotion qui semble submerger sa visiteuse

— Je mets toujours de la cannelle, du citron et une cuillère à soupe de semoule comme tu me l'as appris !

Sous l'effet de la surprise Luana manque lâcher son assiette et d'une voix altérée par l'évocation des moments de complicité saisit la perche que lui tend la jeune femme

— L'élève a largement dépassé le maître alors, c'est un pur régal rien d'étonnant, tu étais déjà très douée dans tellement de domaines ! Monika tu veux bien m'écouter, je sais que tu es très en colère et tu as raison mais donne-moi une chance de t'expliquer ce qui s'est passé, ne me condamne pas avant d'avoir entendu pourquoi j'ai fait ce long voyage, après je te promets de m'en aller et tu n'entendras plus jamais parler de moi si c'est ce que tu désires vraiment

Monika les yeux rivés sur elle marque un temps d'hésitation, Luana retient sa respiration espérant qu'elle puisse lui permettre de se justifier, de dissiper le malentendu. La jeune femme laisse échapper presque à regret :
— Vas-y je t'écoute.

Chapitre 12 - Un secret pesant

Janvier 2003, l'interrogatoire s'éternise, Maître Morusa montre des signes de fatigue, il est très tard, il voudrait bien rentrer chez lui, il jette un coup d'œil sur sa cliente, visiblement elle assure bien malgré les techniques de déstabilisation employées par le commissaire Roko. L'homme est suspicieux, il ne semble pas adhérer au témoignage de la jeune femme blonde qui se tient fièrement sur sa chaise et le regarde bien droit dans les yeux, maintes fois il a essayé de la piéger, ça n'a pas porté ses fruits, son témoignage ne varie pas d'un millimètre et malgré cela Slobodan Roko n'est pas convaincu, en vieux loup aguerri il est persuadé que quelque chose ne cadre pas mais il ne sait pas quoi et ça le dérange profondément. Il était chez lui lorsque l'un de ses inspecteurs l'a prévenu qu'une femme avait appelé les pompiers pour faire transporter son compagnon tombé dans l'escalier, celui-ci grièvement blessé venait d'être transporté dans un hôpital du centre-ville, son pronostic vital était engagé. Selon son inspecteur le personnel médical aurait rapporté que l'homme aurait déclaré avant de décéder : « Elle m'a poussé ».

Cette ultime confession remettait en cause la déclaration de la compagne de l'homme décédé, il ne s'agirait alors pas d'une chute accidentelle comme celle-ci l'avait affirmé mais d'une tentative de meurtre. Un mandat d'arrêt avait été immédiatement diligenté à l'encontre de Luana Dallauris. Toutefois Roko s'était renseigné sur l'état de santé de la fille d'Anto Banski, Monika, celle-ci témoin de la scène ayant été hospitalisée également pour une crise d'épilepsie en même temps que son père ne pourrait pour le moment n'apporter aucun témoignage, de surcroît étant mineure ça s'avérait assez délicat pourtant Roko ne désespérait pas de l'auditionner dès qu'elle irait mieux, un drame à trois s'était joué dans cet appartement il en avait l'intime conviction, quant au pronom personnel « Elle », il pouvait s'appliquer autant à la fille qu'à la belle-mère, d'où la complexité de l'enquête.

Roko l'autorise enfin à partir, ça ne servira à rien de prolonger cet interrogatoire qui ne mène à rien, de plus son avocat ne cesse de seriner que rien ne justifie réellement cet acharnement envers sa cliente. Le commissaire les regarde s'éloigner de la fenêtre de son bureau, il n'a pas dit son dernier mot, loin de là, entendre la déposition de la jeune fille apportera probablement de l'eau à son moulin, l'homme est tout excité, un véritable chien truffier qui a flairé une bonne piste, il tient là une véritable affaire, celle qu'il attendait depuis longtemps et qui le valorisera enfin comme il le mérite.

 Loin de se douter de ce qui se prépare Luana relâche la pression tout doucement, son avocat lui est plus inquiet, ce flic ne lui dit rien qui vaille, un véritable charognard selon ses propres termes, il faut se montrer très prudent, il a une sorte de mauvais pressentiment il en fait part à sa cliente qui lui rétorque que certes le commissaire est un peu incisif mais qu'il fait juste son métier, que l'enquête prouvera sans le moindre doute qu'Anto était suffisamment alcoolisé pour faire une chute sans que l'on ait besoin de le pousser, ces derniers mots lui restent un peu en travers de la gorge mais elle ne peut décemment dire autre chose sans les compromettre toutes deux. L'avocat pousse un soupir, il s'entend répondre qu'il espère qu'elle a raison en sachant pertinemment que ce n'est pas le cas. Maître Morusa se dirige vers sa voiture, il fera un détour pour déposer sa cliente avant de regagner son domicile, il est tard, peu de monde s'attarde encore dans les rues, l'homme a hâte de regagner son domicile, son épouse et ses deux fils doivent probablement s'inquiéter, il n'aura pas pu dîner avec eux ce soir, cette pseudo audition n'en finissait pas, à la limite de la légalité, il ne manquera pas de signaler à l'ordre des bâtonniers l'étrange attitude du commissaire Roko envers sa cliente.

 Avril 2003, Monika allongée sur son lit écoute de la musique les écouteurs vrillés sur la tête, Luana dans la cuisine finit de préparer leur repas, il n'est pas loin de douze heures, c'est un mercredi matin comme les autres jusqu'à ce que des coups frappés à la porte la font sursauter lui faisant lâcher la carafe d'eau qu'elle s'apprêtait à aller déposer sur la table de la salle à manger, pas le temps de ramasser les morceaux de verre qui jonchent le sol ni d'éponger l'eau qui se répand jusqu'au salon en un filet sinueux que la sonnette de l'entrée comme malmenée par des mains impatientes retentit, Luana se dirige alors vers la porte qu'elle entrouvre en s'efforçant de ne pas céder à la panique, face à elle se tient le commissaire Roko qu'elle n'avait pas revu depuis le jour de la convocation de Monika, c'est-à-dire trois semaines plus tôt, derrière lui se trouvent deux policiers en uniforme, un autre en civil appuyé contre un mur ne les quitte pas des yeux, une femme à côté de lui baisse les yeux, une sourde angoisse la prend à la gorge, ils viennent arrêter la jeune fille, elle l'a compris, elle redoutait cet instant tout en priant pour qu'il n'arrive pas.

 Roko se délecte, il attendait cet instant et il le savoure, la femme n'en mène pas large en ce moment, il lit la peur dans son regard, il savoure ce moment, il est temps pour lui de porter l'estocade, il extrait de sa poche en un geste théâtral une feuille de papier qu'il remet à Luana qui en prend connaissance en s'efforçant de dissimuler comme elle le peut la panique qui la gagne.

Un bruit de pas dans l'escalier la fait se retourner, Monika s'arrête en haut des marches, ses yeux affolés s'accrochent à ceux de Luana qui tente de lui délivrer un message muet, elle ne les laissera pas l'emmener, elle s'est retournée vers Roko qui impassible n'a toujours pas bronché et le fixant droit dans les yeux lâche enfin cette phrase qu'il n'espérait plus

— C'est moi qui pars avec vous, j'avoue, j'ai poussé Anto dans l'escalier, ma fille n'a rien vu, laissez la tranquille, je vous suis.

Roko jubile, on y est, il se doutait bien que la jeune femme avouerait, l'assurance vie laissée par son compagnon la désignant comme unique bénéficiaire l'avait probablement incitée à se débarrasser d'un compagnon autoritaire et tyrannique, de plus tous les témoignages recueillis rapportaient un couple désuni, un homme plutôt violent et une compagne dépressive.

Monika tétanisée ne bouge plus, appuyée contre le mur elle contient à grand peine les sanglots qui la submergent, Luana redoute une nouvelle crise d'épilepsie, elle s'adresse à la femme en retrait qu'elle a finalement reconnu comme une employée des services de protection des mineurs pour l'implorer de s'occuper de sa fille, celle-ci s'est avancée jusqu'à la porte et jette un regard interrogateur en direction du commissaire, elle ne prendra pas le risque d'intervenir sans son accord, Roko acquiesce, tout se passe comme prévu, le scénario qu'il espérait se déroule sans anicroches, la française dormira sous les verrous dès ce soir.

Décembre 2003, Maître Morusa est soucieux, il doit se rendre à la prison où est incarcérée Luana depuis bientôt huit mois, il n'a pas de bonnes nouvelles à lui annoncer, la veille au soir Louis Dallauris et lui ont longuement échangé au téléphone au sujet de son procès qui se déroulera probablement en février de l'année suivante, le père de Luana met tous ses espoirs en lui mais l'avocat de la partie civile est déterminé à demander vingt à trente ans d'enfermement pour meurtre avec préméditation, Morusa n'a rien dit de cela au père de sa cliente. Les aveux de Luana qui s'est finalement rétractée depuis qu'elle sait Monika en sécurité en Ecosse avec sa tante n'ont fait que renforcer la conviction de sa culpabilité pour la juge Mirjana Medo chargée d'instruire l'affaire. Les parents de Luana prévoient de se rendre à Zagreb pour assister au procès, l'avocat de leur fille leur a déconseillé ce long voyage, il est en réalité très pessimiste sur l'issue, néanmoins il fera son possible pour obtenir une réduction de peine, ça serait déjà une bonne chose.

Luana dans sa cellule guette la distribution du courrier, pas de lettre de Monika ni de Marineta depuis plus d'un mois, c'est inhabituel, pourvu que rien ne leur soit arrivé, de sombres ruminations l'assaillent elle se laisse choir *sur le sol pour éviter de tomber lorsque la porte s'ouvre bruyamment, la surveillante dépose sur la table trois enveloppes et sort sans un regard, la porte se referme sur elle, Luana se précipite pour les ouvrir, l'une d'elles l'intrigue tout particulièrement, expédiée depuis Edinburgh, au verso l'expéditeur est mentionné : Meribeth Brosnan, ce nom lui parle sans pour autant qu'elle puisse mettre un visage dessus. Elle manque défaillir lorsqu'elle réalise qu'il s'agit de la femme de ménage de la sœur d'Anto, il s'est vraisemblablement produit quelque chose de grave pour que celle-ci lui écrive.*

Meribeth l'informe avec maintes précautions qu'elle a le regret de lui annoncer le décès de Marineta Banski, celle-ci a eu une crise cardiaque durant son sommeil, elle précise que c'est sa nièce qui l'a trouvée et l'a immédiatement prévenue par téléphone, Méribeth explique qu'elle s'est proposée pour accueillir la jeune fille chez elle mais que les services sociaux ont décliné la proposition et qu'ils l'ont emmené avec eux après les funérailles de Marineta.

Luana ne peut en lire davantage, une douleur intense lui vrille le crâne, sa poitrine est lourde, ses mains tremblent, sa vision se brouille, elle s'écroule, la lettre à ses pieds, tandis que la porte s'ouvre sur la surveillante précédant son avocat. Elle entend comme au fond d'un tunnel une voix d'homme appeler à l'aide avant de sombrer dans un grand trou noir.

Luana s'est arrêtée de parler, les souvenirs affluent douloureusement, elle a besoin de faire une pause, de l'autre côté de la table Monika ne bronche pas, elle grille cigarette sur cigarette le visage fermé, aucune émotion ne s'y reflète, Luana essaie de dissimuler comme elle le peut le tremblement de ses mains lorsqu'elle porte à ses lèvres le verre d'eau posé devant elle et dont il ne reste qu'un fond.

La jeune femme s'est déplacée jusqu'à la baie vitrée du salon et collant son front contre la vitre semble réfléchir, les minutes s'écoulent dans un silence quasi religieux, sur la défensive Luana redoute sa réaction, les reproches ne vont pas tarder à s'abattre sur elle, Monika se détourne comme à regret de la fenêtre et balaie la pièce du regard avant de venir s'asseoir cette fois juste à côté de Luana qui constate à regret qu'une sourde colère semble l'animer

— Tu crois que j'ai eu la belle vie pendant toutes ces années, huit mois seulement après ton incarcération je serrais dans mes bras le corps froid de Marineta qui ne se réveillerait plus jamais et l'on m'expédiait quelques jours plus tard chez une femme qui se disait être ma mère et qui était ma seule parente.

— Mon dieu je ne l'ai pas su, je n'aurais jamais pu imaginer que l'on puisse retrouver Ivana, ton père pensait qu'elle n'était plus en vie

— Mon père n'a jamais ignoré où elle se trouvait, elle a passé plusieurs années en hôpital psychiatrique à Zagreb c'est lui qui l'y avait placé !

— Pourquoi Anto aurait-il fait ça ? Nous avoir fait croire qu'il n'avait pas de nouvelles ?

— Parce que c'était lui le responsable de son internement forcé

— C'est absurde, ça n'a pas de sens, ton père me disait que ça le rendait fou de ne pas pouvoir te dire où se trouvait Ivana

— Il était capable de nous humilier de nous terroriser, alors nous mentir… Ça devait bien l'amuser.

— Je ne pensais pas qu'il mentait au sujet de ta mère, j'ai été vraiment naïve, comment t'a-t-elle accueilli ?

— Elle s'en foutait, elle avait visiblement oublié qu'elle avait eu un enfant, elle était défoncée du matin au soir, médicaments, alcool, elle roupillait toute la journée, on bouffait quand elle émergeait un jour sur deux, je me suis cassée au bout de six mois

— Pour aller où ?

— Dans un squat que j'avais repéré au nord de Zagreb, c'est là que j'ai rencontré Miljenko, on avait quasiment le même âge, ses parents étaient morts dans un accident de voiture, il s'était enfui avant que les services sociaux ne le prennent, on a monté une petite communauté, tous des exclus de la vie, des parias de la société.

— Vous viviez de quoi ? Tu étais si jeune.

— Mendicité, vol, un peu de came à fourguer parfois lorsque des dealers nous contactaient.

Luana est sous le choc, la violence de cette confession la foudroie, ce sombre épisode de la vie de Monika lui est insupportable, comment va-t-elle désormais pouvoir lui expliquer que libérée deux ans après son incarcération elle n'a pas eu d'autre choix que de rentrer en France et qu'elle n'a cependant eu de cesse d'essayer de retrouver sa trace par tous les moyens, qu'elle n'a ménagé ni son temps ni son argent. Elle tente néanmoins une timide approche avec le faible espoir d'être comprise.

— Monika, je voudrais t'expliquer si tu le permets quelle a été ma vie, je comprends que tu m'en veuilles, tu as cru que je t'avais abandonnée mais ce n'est pas le cas !

— Ah vraiment, tu appelles ça comment toi ? Tu es sortie de ma vie du jour au lendemain et tu réapparais dix ans plus tard comme si on s'était juste perdues de vue, ne me dis pas que tu étais en prison, tu es libre depuis huit ans, tu vois je suis bien renseignée, moi je crois que tu as tourné la page et que tu as refait ta vie, tu as probablement un mec et des gosses qui t'attendent quelque part, si cet avocat n'avait pas fait de zèle tu aurais poursuivi ton chemin sans te préoccuper de moi et tu aurais eu raison, le passé est loin derrière nous, tu vois j'ai survécu sans toi, je suis très heureuse, tu peux repartir rassurée.

— Il n'y a que Françoise qui m'attend, tu lui as beaucoup manqué à elle aussi !

La jeune femme a changé d'expression à l'évocation de la mère de Luana, celle-ci en profite pour poursuivre son récit

— J'ai passé deux ans en prison, puis mon avocat a fait appel et j'ai été libérée, manque de preuves ont-ils dit, en contrepartie je devais quitter la Croatie dès que je serais dehors, avais-je le choix, sans argent, sans logement, ma condamnation avait rendu caduque le testament de ton père ainsi que l'assurance vie dont j'étais la bénéficiaire, l'état a tout récupéré, je ne sais même pas si c'est légal, en France nous n'avons pas les mêmes lois. Je suis partie à Naples, Nonna Angela venait de mourir, elle me laissait sa maison, je m'y suis installée, je ne voulais pas retourner à Marseille.

— Et tes parents, tu les avais rayés de ta vie eux aussi ?

— Bien sûr que non, ils venaient me rejoindre le plus souvent, la maison était si grande, tu te souviens du patio et de la terrasse avec la volière, tu avais décidé cet été-là que c'est toi qui nourrirais les mandarins tous les jours, tu prenais ça très au sérieux tu te rappelles

— J'aimais beaucoup ta grand-mère, j'espère qu'elle n'a pas souffert.

— Elle est morte dans son sommeil, la veille elle jouait encore aux cartes avec la voisine

Un silence s'installe, Monika se ronge les ongles, signe de tension extrême chez elle constate Luana, la jeune fille désigne alors du doigt la béquille posée à côté de Luana

— Pourquoi ?

C'est bref et froid, ça sonne comme un reproche, Luana se doutait que la question lui serait posée, elle va être obligée d'en parler, elle a toujours du mal à en parler, même Côme n'a pas osé insister lorsqu'elle a éludé la question

— J'ai attrapé un microbe en prison, on m'a dit que ce n'était pas grave à l'infirmerie, seulement il s'est attaqué à mon organisme, avec un antibiotique en dix jours ça aurait été réglé, quelques semaines après mon arrivée à Naples j'ai commencé à avoir de la fièvre, des hallucinations, je tombais sans arrêt, j'ai été hospitalisée entre la vie et la mort, douze jours de coma, à mon réveil je ne pouvais plus marcher, les médecins ont contacté mes parents, ils se sont installés à Naples durant tout le temps de ma convalescence qui a duré des mois, on m'a prévenu que je ne remarcherais plus, j'étais résignée à vivre en fauteuil roulant et puis ma mère a entendu parler d'un centre de rééducation à Genève, j'y ai passé quatre ans, lorsque j'en suis sortie j'étais sur béquilles : un miracle !

Luana scrute attentivement le visage de Monika espérant y voir apparaître une lueur de compassion, mais la jeune fille reste imperturbable, aucune émotion ne transparaît sur son visage, peine perdue songe-t-elle alors, seule la désillusion est au rendez-vous, ce voyage n'aura servi à rien, il est trop tard, Monika ne lui pardonnera jamais c'est ainsi, il faut qu'elle l'accepte, elle se lève en vacillant sous le coup de l'émotion puis se dirige vers la porte espérant sans y croire être retenue, ce n'est que dans le jardin qu'elle réalise que sa vie n'a désormais plus aucun sens.

7 novembre 2014,
Deux coups légers frappés à la porte la réveillent en sursaut, elle a pourtant bien précisé hier soir en passant devant la réception qu'elle ne voulait pas être dérangée avant midi, elle se lève en titubant, les somnifères qu'elle a avalés la veille au soir l'ont complètement shootée, elle parvient à se traîner jusqu'à la porte de la chambre qu'elle entrouvre comme elle le peut s'apprêtant à refouler l'indélicat. La silhouette d'un homme s'encadre dans la porte, elle ne parvient pas à distinguer ses traits, tout est si flou, ce n'est que lorsqu'il prend la parole qu'elle le reconnaît enfin et tente de refermer la porte sur lui, il la bloque avec son sac à dos et la prend dans ses bras en murmurant tout bas les paroles qu'elle n'attendait plus.

Luana abaisse alors la garde et laisse couler un torrent de larmes blottie contre Côme qui sans effort la soulève de terre et la dépose sur le lit, il referme la porte derrière lui et s'allonge tout contre elle, épuisé par le voyage il ne tarde pas à s'endormir, la tête de Luana contre sa poitrine.

C'est Luana qui émerge la première, il est un peu plus de treize heures, Côme dort toujours, elle le contemple émue, faut-il qu'il tienne à elle pour l'avoir rejointe sans savoir comment il serait reçu. Elle s'efforce de faire le moins de bruit possible en s'habillant, elle a l'intention de descendre à la réception demander si on peut leur monter un repas en chambre, quelque chose à grignoter leur suffirait. Moins de dix minutes plus tard elle dépose sur le lit devant Côme qui vient de se réveiller un plateau garni de victuailles.

Ils passent le reste de la journée au lit alternant caresses et confidences, Côme réitère ses excuses, il s'est comporté comme un idiot, heureusement que Sabrina et Alban étaient là pour lui remettre les idées en place, Luana leur en est redevable, elle les remerciera lorsqu'ils seront rentrés en France. Françoise a appelé sa fille dans l'après-midi, appréhendant toutefois sa réaction, c'est bien évidemment elle qui a communiqué les coordonnées de l'hôtel à Côme, elle a cédé devant le sincère désespoir du jeune homme. Luana l'a rassurée, elle ne lui en veut pas, c'était une bonne initiative.

Interrogée sur ses retrouvailles avec Monika elle est restée sans voix, l'émotion la submergeant, sa mère n'a pas insisté, il ne fallait pas être devin pour comprendre que la déception était au rendez-vous, elle patienterait jusqu'à son retour pour en connaître la raison. Luana souhaitant pour sa part mettre un terme à ce séjour a confirmé son retour imminent.

Côme a discrètement écouté leurs échanges, il n'est visiblement pas sur la même ligne que sa compagne, il n'a pas fait ce long voyage pour rien, il espère la convaincre de rester encore quelques jours d'autant plus que la chambre a été louée pour cinq jours

13 novembre 2014, les jours se sont écoulés à une allure vertigineuse, Luana a cédé devant l'insistance de son compagnon qui rêvait de découvrir Zadar et ses environs, quoique réticente au début la jeune femme s'est laissé convaincre, après tout pourquoi ne pas profiter de quelques jours en amoureux, le cœur n'y était pas néanmoins, contenir ses larmes et les laisser s'écouler sans bruit lorsque Côme s'endormait s'est révélé être une épreuve mais pas question de faire de la peine à celui qui venait de lui donner une si belle preuve d'amour, Luana ne lui a rien caché lors de leurs retrouvailles, désormais plus de secret entre les deux amants, Côme partage sa peine mais espère toutefois que la jeune fille reviendra vers sa compagne, le temps cicatrise parfois les plaies quoique les siennes à lui sont restées ouvertes, il a réalisé la nuit dernière tandis que Luana reposait la tête contre son épaule qu'elle ne savait au fond pas grand-chose de lui, il faudra bien qu'un jour il ait le courage de lui parler de son enfance et de sa maladie avant qu'elle ne l'apprenne par quelqu'un d'autre.

Chapitre 13 - Les secrets de Côme

Trois semaines se sont écoulées depuis le voyage de Luana en Croatie, Côme fait des allers-retours entre Besse et son exploitation, cette situation lui pèse, trop de kilomètres le séparent de Luana, si seulement elle acceptait de venir s'installer avec lui, il s'est heurté une fois de plus à un refus catégorique, pas question de laisser Françoise toute seule, si quelque chose lui arrivait elle ne se le pardonnerait pas.

Côme a alors proposé qu'elle s'installe avec eux, une chambre d'amis est à sa disposition, il a même cru bon de préciser qu'elle disposerait d'un petit cabinet de toilette attenant. Luana a haussé les épaules, pas question de faire vivre sa mère dans si peu d'espace et puis à Besse elle a ses habitudes, les cousins de Louis l'entourent de leur affection, elle s'est fait même des amies à la bibliothèque du centre social avec lesquelles elle joue au bridge le mardi et le vendredi. Luana n'a pas osé ajouter de peur de le blesser mais l'a pensé très fort, aucune intention de cohabiter avec son cerbère de gouvernante qui règne sur la maison, les disputes seraient quasi quotidiennes

À court d'arguments ce jour-là il avait baissé les bras mais n'avait cependant pas dit son dernier mot.

Il rumine de sombres pensées depuis qu'il s'est réveillé, rien à voir avec l'élue de son cœur mais avec le courrier recommandé que lui a remis hier matin Firmin le facteur, une épaisse enveloppe de couleur sombre provenant d'Italie, « c'est peut-être un héritage » s'est esclaffé son ancien camarade de collège, Côme a ri à son tour pour donner le change mais un mauvais pressentiment l'a saisi lorsqu'il a vu le tampon de la ville apposé sur le timbre : Milan. La ville où sa mère avait perdu la vie bien des années plus tôt selon les dires de Rosa.

Il a décacheté l'enveloppe et en a immédiatement pris connaissance, un homme se présentant comme Maître Tomasini l'informait du décès d'Alessandra Sournin née Ranieri, une crise cardiaque l'avait terrassée à seulement 53 ans, il crut halluciner, pour quelle raison la gouvernante lui avait-elle fait croire que sa mère était morte cinq ans environ après son départ de la ferme, il fallait qu'il en ait le cœur net.

Rose questionnée se montra fort évasive puis se mura dans le silence. Il insista fermement en se fustigeant, mettre à la question la courageuse fermière qui se dressait contre son père lorsqu'il le rouait de coups et l'enfermait des nuits entières dans l'enclos des chèvres ou dans l'ancien chenil le faisait culpabiliser mais la chose était trop grave pour la passer sous silence, il parvint à la pousser dans ses retranchements jusqu'à ce qu'elle consente à lâcher du bout des lèvres qu'elle n'avait fait qu'obéir à sa mère.

Côme quoique dubitatif n'insista plus, il crut néanmoins devenir fou lorsque nuit après nuit dans ses cauchemars il revivait ces heures interminables où planté devant le portail de la maison il guettait toutes les voitures qui passaient et ce parfois jusqu'à la tombée de la nuit jusqu'au jour où Rose l'avait pris dans ses bras pour lui dire que sa mère ne reviendrait plus et qu'il ne devait plus l'attendre car Dieu l'avait ramenée à lui, il s'était alors écroulé par terre en sanglotant.

Et puis Côme avait grandi, le souvenir de sa mère s'était peu à peu effacé de sa mémoire, il s'était construit comme il avait pu malgré l'étrange maladie qui s'était emparée de lui à l'adolescence, bipolaire à tendance borderline avait déclaré la psychiatre de Draguignan à Rose qui l'accompagnait ce jour-là.

Rose avait fait mine de comprendre ce dont il retournait pour ne pas se rendre ridicule devant la revêche médecin, le jeune garçon n'avait cependant eu aucune réaction, il savait déjà qu'un mal étrange le rongeait, tel ou tel nom n'y changerait rien et ça lui était bien égal.

Il consentit toutefois à se rendre une fois par semaine à Draguignan pour commencer une thérapie comportementale et cognitive, le but étant de canaliser la colère qui surgissait à chaque contrariété, chaque déception, il se força à avaler les comprimés de lithium que Rose lui apportait le matin pour ne pas la contrarier.

Un jour qu'il rentrait de la faculté il aperçut un camion de pompiers garé dans la cour, il aperçut une silhouette couchée sur un brancard, paniqué il se mit alors à courir en direction inverse de la ferme pour se cacher comme il le faisait depuis ses huit ans, il y resta jusqu'à ce qu'il fasse nuit puis s'armant de courage prit le chemin de la ferme.

Rose le guettait sur le perron de la bastide, une lampe torche à la main, il se jeta dans ses bras, elle était vivante, il n'osa poser la question qui lui brûlait les lèvres, c'est elle qui prit les devants en lui murmurant à l'oreille ce qu'il rêvait d'entendre sans plus y croire

— Ton père est mort, une crise cardiaque, les pompiers n'ont pas pu le ranimer, Gabriel ne te fera plus jamais de mal mon petit !

Le décès de Gabriel fut vécu comme un véritable soulagement par la grande majorité des employés, le despote s'en était allé, bon vent en enfer, pouvait-on entendre fuser de part et d'autre de la ferme.

Côme devenait par la force des choses et à seulement dix-neuf ans le patron d'une entreprise, il dut renoncer à des études de médecine dont il rêvait et s'inscrivit dans une filière pro gestion agricole. Diplôme en main, il s'y consacra entièrement ne ménageant ni son temps ni sa peine, le défi était colossal, succéder à Gabriel qui malgré tout avait géré la ferme d'une main de fer permettant ainsi de les faire vivre et de verser des salaires décents à ses ouvriers. Il sacrifia sa jeunesse, oublia les sorties, les boîtes de nuit et les filles et se révéla un chef d'entreprise très perspicace en diversifiant les produits qu'il proposait à la clientèle jusqu'au jour où Cupidon se mêla de sa vie et lui décocha une flèche qu'il reçut en plein cœur ce matin-là alors qu'il aidait Rose à charger la camionnette.

C'est Rose qui la vit la première cette sauvageonne surgie de nulle part et qui se dirigeait vers eux d'une démarche bien assurée, Côme ne s'aperçut de sa présence que lorsqu'elle arriva à sa hauteur. Il manqua lâcher le cageot de courgettes qu'il s'apprêtait à déposer dans le camion lorsqu'il l'aperçut, la fille n'était pas banale, la peau si mate qu'elle semblait brûlée, tignasse brune maintenue par un bandeau déchiré, un corps de sirène moulée dans une robe rouge poussiéreuse et traînant jusqu'au sol, un sac à dos passablement défraîchi complétait le tableau mais ce qui retint tout particulièrement l'attention du jeune homme ce fut ses immenses yeux vert émeraude, il n'en avait jamais vu de pareil.

Consciente du trouble qu'elle provoquait, la fille tournant résolument le dos à Rose s'adressa directement à Côme, elle cherchait du travail, ne rechignait devant aucune besogne selon ses propres termes, cuisiner, coudre, s'occuper des bêtes, servir, on lui paierait ce qu'on voudrait, sa seule exigence, un coin pour dormir, Rose intuitive, pressentant la malparade arriver voulut la chasser, Côme s'interposa entre elles, il eut le dernier mot.

Valéria, c'était son prénom prit rapidement ses marques, séduire Côme fut un jeu d'enfant, parvenir jusqu'à son lit et s'installer dans la maison tout aussi facile, inexpérimenté le jeune homme était fou amoureux pour la première fois de sa vie, Rose impuissante assistait à sa descente aux enfers, elle avait pourtant bien essayé de lui ouvrir les yeux sans y parvenir, délaissant la ferme, menant une vie de plaisirs effrénés il dépensait sans compter, rien n'était assez beau, pour sa bohémienne qu'il couvrait de cadeaux, les économies de Gabriel fondaient à vue d'œil jusqu'au jour où se lassant de lui, Valéria s'entichant d'un guitariste de passage qui se produisait un soir d'été sur la place de Gonfaron s'enfuit avec lui.

Côme sombra dans le désespoir, allant même jusqu'à tenter de se suicider, Rose ne décolérait pas, fallait-il être bête pour se mettre dans des états pareils pour une garce.

La convalescence fut longue, la cicatrisation douloureuse mais il surmonta cette épreuve et en sortit renforcé, il lui restait sa ferme, c'était désormais tout ce qui comptait, il s'y consacra sans relâche, mit un point d'honneur à éviter la gente féminine jusqu'au jour où il croisa le regard d'une charmante inconnue dans les rues de Gonfaron, elle se prénommait Luana.

Chapitre 14 – Départ pour Milan

9 janvier 2015, c'est dans le cœur historique de la ville, le Milan monumental, celui des avenues opulentes bordées d'édifices somptueux, encadrées d'élégantes arcades au sol dallé de marbre que Côme a choisi de séjourner. C'est dans ce quartier que l'on peut découvrir l'incontournable Duomo, son décor foisonnant ainsi que sa Madonnina, vierge protectrice de la ville perchée sur la plus haute flèche.

Si de prime abord la capitale lombarde ne jouit pas de la réputation de ses célèbres voisines, Gênes la maritime, Bologne la gourmande, Turin l'historique, elle reste cependant une ville où il fait bon vivre de par la richesse de ses sites et de ses musées, ses grandes artères et ses beaux parcs.

Réfractaire aux hôtels, Côme a réservé un appartement dans une résidence de tourisme située à trois rues seulement de la piazza del Duomo, le quartier regorge de monuments, de musées et de théâtres, mais le choix de résider dans ce quartier animé de Milan est dû à la proximité de l'étude notariale où il doit se rendre dès le lendemain.

Il se gare sur le parking de la résidence et jette un coup d'œil à l'arrière du véhicule, Luana dort encore, il se penche sur elle pour remonter la couverture qui a glissé sur le sol et s'éclipse sans la réveiller.

Les formalités administratives lui prennent plus de temps que prévu, Côme s'inquiète, pourvu que Luana ne panique pas en se réveillant toute seule, il se hâte vers le break et laisse échapper un soupir de soulagement lorsqu'il la découvre occupée à se recoiffer sur le siège avant. Il l'aide à descendre du véhicule et l'accompagne jusqu'à l'intérieur de l'établissement, il prendra l'ascenseur avec elle pour s'assurer que tout va bien et retournera ensuite récupérer leurs bagages.

Quelques instants plus tard Luana a refermé la porte sur Côme, elle grimace de douleur, sa jambe la fait souffrir, elle n'osera pas l'avouer à son compagnon mais ces six heures de route lui ont été particulièrement pénibles.

Lorsque son compagnon lui avait proposé il y a deux mois un week-end à Monaco, elle avait hésité, si elle avait maintes fois mentionné son désir de s'y rendre Côme à contrario avait toujours fait la sourde oreille, la Côte d'Azur bruyante et agitée n'étant pas son lieu de villégiature favori ! Ce revirement d'attitude cachait probablement quelque chose, peut-être voulait-il rompre ? Ce week-end sonnait comme un cadeau de rupture ! Françoise mise dans la confidence par sa fille n'avait pu s'empêcher de sourire, Côme n'avait, selon elle, aucunement l'intention de mettre un terme à leur relation, Luana toutefois persistait dans son idée, sa mère ne céda pas, elle consentit toutefois à reconnaître que cette proposition cachait probablement quelque chose, l'accepter était le meilleur moyen d'obtenir la réponse.

C'est alors qu'ils déambulaient tous deux dans la vieille ville non loin du palais princier et du musée océanographique qu'ils venaient de visiter qu'il se décida enfin, il lui proposa de s'asseoir à la terrasse d'un café et attendit que le serveur ait apporté leur commande pour se jeter à l'eau, il lui demanda de ne pas l'interrompre, ce qu'il avait à lui dire n'était pas facile.

Luana faillit défaillir, ainsi elle avait vu juste, il voulait mettre un terme à leur relation, après tout ce n'était pas surprenant, elle avait dix ans de plus que lui, et ne pourrait jamais lui donner d'enfants, quant à son handicap il ne jouait pas en sa faveur, quel homme censé choisirait de s'encombrer d'une pauvre infirme.

Très loin de ces considérations, Côme prenant une grande inspiration commença son récit, il n'omit rien de son enfance à sa maladie en passant par l'abandon de sa mère, les coups, les humiliations de son père sans oublier sa descente aux enfers après sa rupture avec Valéria.

Il avait gardé la tête baissée durant sa confession n'osant affronter son regard, lorsqu'il la releva enfin et plongea dans ses yeux il se figea, médusé devant le visage ruisselant de larmes de son interlocutrice, rassuré et profondément touché par sa réaction il la prit dans ses bras et la serra très fort contre lui ne se doutant pas un seul instant que quoique fort émue de son récit Luana soulagée pleurait de joie.

Le soir même alors qu'ils dînaient au restaurant de l'hôtel il lui fit part de la nécessité de se rendre à Milan pour rencontrer le notaire d'Alessandra et contre toute attente lui proposa de l'accompagner, ils pourraient ainsi concilier l'utile à l'agréable, La capitale Lombarde surnommée la citta delle occasioni, la ville des possibles valait largement le détour et promettait de belles découvertes, tout particulièrement le théâtre de la Scala que Luana rêvait de visiter.

Elle hésita cependant, le voyage en Croatie l'avait fatigué, son handicap compliquant sérieusement les choses elle redoutait par-dessus tout d'être une charge.

Côme insista tant et si bien qu'elle rendit les armes et consentit malgré ses réticences à se rendre à Milan avec lui.

10 janvier 2015, c'est au cœur de la ville à proximité de la place de la Scala que se trouve la rue Alessandro Manzoni, Savério Tomasini notaire de son état y a domicilié son cabinet.

Le couple assis dans la salle d'attente est arrivé en même temps que les secrétaires, celles-ci s'affairent autour d'eux sans leur accorder trop d'attention, l'une d'entre elles a toutefois consenti à déclarer du bout des lèvres dans un français approximatif que le notaire n'allait pas tarder à arriver tout en lançant des regards explicites envers l'homme.

Luana exaspérée la foudroie du regard, la pulpeuse milanaise à la jupe trop courte n'a pas les yeux dans la poche et semble trouver son compagnon à son goût. Celui-ci, les yeux rivés sur ses papiers qu'il a extrait de sa sacoche ne lui prête pas cas.

La porte qui s'ouvre sur un homme brun et barbu de belle corpulence les fait tourner la tête dans sa direction, celui-ci s'arrête devant eux l'air interrogateur.

— Signor Côme Sournin ? Signora Sournin ?

— Si sono signor Sournin,, signora Dallauris è la mia amica

L'homme les invite alors à le suivre jusqu'à son cabinet qui se situe à quelques mètres du hall d'entrée.

Ils prennent place sur de larges sièges défraîchis de couleur bleu indigo, la baie vitrée offre une vue plongeante sur la ville, on aperçoit dans un angle le toit du théâtre de la Scala. Le notaire a demandé à l'une de ses secrétaires de leur apporter du café, une fois la porte refermée sur celle-ci, il ouvre un des tiroirs de son bureau et en extrait une chemise en carton de couleur orange sur laquelle est écrit : succession Alessandra Sournin née Ranieri. Luana glisse un regard vers son compagnon, son visage est fermé, elle y décèle beaucoup d'appréhension, elle n'en est pas surprise, il lui a confié redouter cet instant la veille au soir alors qu'ils venaient de faire l'amour et qu'il s'était blotti tout contre elle un peu comme un enfant perdu en laissant échapper quelques larmes qu'il s'efforçait de lui dissimuler. Elle l'encourage à sa façon en accentuant la pression de sa main sur la sienne. Les yeux de Côme plongent dans les siens, il esquisse un sourire un peu forcé, l'heure est grave, Savério Tomasini pendant ce temps a détaché les sangles de la chemise et en a extrait des documents, la lecture du testament peut commencer…

11 janvier 2015, il règne une ambiance pittoresque et chic, une douceur de vivre, il fait bon flâner dans les ruelles piétonnes du quartier de Bréra, repaire d'étudiants, de chineurs et de brocanteurs en tout genre, une sorte de quartier latin en plus bohème, le couple d'amoureux qui y déambule est sous le charme, ils ne s'y attardent pas cependant, ils doivent rejoindre la via Gabba, la rue du jardin botanique a précisé Savério Tomasini l'appartement d'Alessandra est situé à seulement quelques mètres de l'entrée principale, le notaire leur a remis les clés ainsi que le titre de propriété et tous les documents administratifs qui reviennent à Côme en tant qu'unique héritier. La lecture du testament l'a tout particulièrement éprouvé comme il l'a confié à Luana dès qu'ils ont quitté l'étude. Tout cela lui semble tellement irréel, le mensonge de Rose et sa fuite le soir même de leur altercation pour se réfugier à Gonfaron chez une cousine, il avait cru perdre la raison la nuit qui suivit et qu'il se retrouva seul dans le silence oppressant de la maison, s'enivrant à mort pour chasser les fantômes de sa mémoire et s'endormant à même le sol glacé de sa cuisine.

Après quelques détours les voilà parvenus à destination, le palazzo di Brera siège de la pinacothèque homonyme se dresse fièrement devant eux, ils longent le jardin botanique, Luana suggère d'y faire une pause, sa jambe la fait à nouveau terriblement souffrir, Côme confus s'excuse, il marche beaucoup trop vite, ils pénètrent à l'intérieur du havre de paix et consultent le plan, le jardin fondé en 1774 par Marie-Thérèse d'Autriche s'étire sur 5000 m^2 et conserve pas moins de 300 espèces diverses de végétaux, il est intégré au musée astronomique, structure de l'université de Milan. Ils ne pourront cependant n'en visiter qu'une infime partie, le temps leur est compté et le handicap de Luana n'est pas très compatible avec la dimension du parc.

12 janvier 2015, Luana s'est réveillée la première et s'est levée sans bruit pour ne pas réveiller Côme qui dort profondément dans la chambre, ce dernier a passé une partie de la nuit à errer dans l'appartement alternant café et cigarettes, sa compagne a fait mine de dormir, c'est la meilleure chose à faire lorsqu'il est dans cet état, ne pas le contrarier, abonder dans son sens lui a conseillé le psychiatre qu'elle a sollicité lorsque Côme lui a avoué sa bipolarité, Luana a écouté ses

recommandations et s'efforce de s'adapter du mieux possible aux changements d'humeur et crises d'angoisse du jeune homme même si ça lui pèse parfois.

Franchir le seuil de la maison d'Alessandra l'a tout particulièrement bouleversé, secoué de légers spasmes il était sur le point d'y renoncer c'était sans compter sur sa compagne qui parvint à le raisonner alors qu'il s'apprêtait à faire demi-tour.

Maître Tomasini lors de la lecture du testament leur avait appris l'existence d'une maison située à Bergame et d'un appartement à Milan, Alessandra avait particulièrement réussi sa vie, deux salons de coiffure et un très luxueux institut de beauté qu'elle gérait de main de maître avec son associée la signora Brunetti, une brillante femme d'affaires très avisée selon les termes employés par le notaire.

La maison de la Via Gabba ne ressemblait en rien à ce qu'ils avaient imaginé, sobre, presque austère, un salon froid et impersonnel composé d'un canapé en cuir noir et d'une table basse en verre fumé sur laquelle reposait une quantité de magazines de coiffure et des catalogues de cosmétiques, un espace cuisine comprenant un petit réfrigérateur et un four micro-ondes, une chambre de belle dimension aux murs dépouillés où trônait une banquette-lit recouverte d'une housse usée rouge vermillon, une commode, une table en chêne où reposait un imposant ordinateur et des piles de dossiers classés par ordre alphabétique, le notaire les avait prévenus, Alessandra n'y venait que pour y travailler, une sorte de QG d'où elle gérait ses affaires, elle demeurait la plupart du temps sur les hauteurs de la belle ville de Bergame où elle s'était acheté une villa.

Chapitre 15 - La vraie vie d'Alessandra

Le break longe les remparts de la ville haute et se gare sur la piazza Mercato del Fara le long de la grande montée, Luana est impressionnée par le nombre de touristes qui s'y pressent, il y fait pourtant très froid en cette saison. Le funiculaire n'est qu'à quelques mètres de leur parking, très apprécié des touristes celui-ci permet de passer en toute quiétude de la ville basse à la ville haute. Redoutant la foule, Côme a préféré s'abstenir et rejoindre directement les hauteurs de Bergame avec son véhicule. C'est là que se trouve la maison de sa mère, une maison de 300 m² avec jardin si l'on se réfère au plan fourni par l'étude notariale.

Ils hésitent sur la direction à prendre, la maison se trouve via Borgole (rue Borgole) un peu à l'écart de l'enceinte de la ville haute, pas très loin du funiculaire, ils optent pour la première rue à droite, ça semble être le bon choix, les voilà devant le portail couleur ébène, impressionnés par la splendide demeure aux murs couleur de soleil et aux volets gris clair Côme se décide à glisser la clé dans la serrure, ils pénètrent dans un immense jardin, une oasis de verdure, soigneusement entretenu il regorge d'arbres et de plantes, des reproductions de statues disséminées ici et là : Diane chasseresse, le penseur de Rodin, un buste de César. Ils longent silencieusement la grande allée qui les conduit à la maison, le regard de Luana s'attarde sur un banc de pierre où repose une capeline blanche en tissu entouré d'un ruban bleu, tout à côté un livre fermé d'où dépasse des marque-pages, Côme a suivi le regard de sa compagne, il s'approche un peu plus près et s'en saisissant montre la couverture à Luana sans dire un mot : Le décaméron de Boccace, elle est impressionnée, Alessandra Ranieri devait probablement être une femme cultivée pour apprécier ce type de littérature.

Côme a reposé le livre brusquement sur le banc, l'expression de son visage est indéchiffrable, il se dirige vers la porte d'entrée de la maison, en franchit les marches pour arriver sur une terrasse au sol carrelé de mosaïques bleu turquoise, un rocking-chair esseulé sur lequel repose un châle en dentelle de couleur écru et un guéridon en rotin complètent le tableau. Sans plus s'attarder ils pénètrent dans le hall d'entrée sobre et élégant, deux consoles en bois blanc sur lesquelles sont disposés des vases Médicis garnis de fleurs, des tableaux soigneusement alignés sur le mur ocre, un carrelage de la même couleur au sol, ils le traversent sans s'arrêter pour arriver dans un grand salon luxueux, cantonnières en velours vert aux fenêtres, appliques murales représentant des aigles en laiton de part et d'autre de la pièce, un canapé d'angle en cuir blanc fait face à une cheminée de granit rose, un miroir vénitien assorti au-dessus, des coupes en cristal garnies de fruits secs et de friandises diverses sur une table ovale en verre fumé autour de laquelle sont disposées une dizaine de chaises.

Luana s'éclipse discrètement laissant Côme s'attarder dans le salon, elle revient sur ses pas et découvre une belle cuisine intégrée en bois de chêne beige, frigo américain et four électrique encastré à l'intérieur, banquette d'angle assorti surmonté de tissus carmin.

Côme la cherche, s'impatiente, il l'attend au bas des marches, l'escalier est un peu raide pour la jeune femme, il l'aide à monter jusqu'à l'étage, le palier est spacieux, plusieurs portes de part et d'autres du couloir, c'est Côme qui choisit de commencer par le côté droit, une salle de bain encombrée de produits de soin, deux vasques noires incrustées dans un meuble assorti surmontées de deux miroirs ovales de la même couleur, plusieurs serviettes et peignoirs dispersés un peu partout, Alessandra n'était visiblement pas la seule à utiliser cette pièce.

La visite se poursuit, deux autres salles de bain un peu plus loin, un salon bibliothèque, deux chambres, ils arrivent devant la dernière porte sur laquelle repose une petite plaque en porcelaine, où l'on peut lire : Camera di Alessandra, toccare prego (chambre d'Alexandra frappez s'il vous plaît), Côme déconcerté a la main qui tremble un peu en tournant la poignée, la pièce est dans le noir, Luana appuie sur l'interrupteur et se fige sous l'effet de la surprise, elle s'approche un peu plus près pour vérifier qu' elle ne rêve pas, des photos de Côme à divers âges soigneusement encadrées s'affichent sur les murs de la chambre aux murs lavande, anniversaires, écoles, voyages, quotidien à la ferme. Elle jette un regard vers son compagnon, en état de sidération complète, celui-ci ne parvient pas à détacher ses yeux du mur.

Une demi-heure plus tard, Côme très agité continuait à tourner en rond comme un fauve en cage, qu'Alessandra puisse être en possession de ces photos dépassait l'entendement. Luana s'était assise sur le coffre-banquette en merisier juste à côté du lit à baldaquin d'Alessandra, prenant le temps de réfléchir elle en était arrivée au même constat que son compagnon, seule une personne ayant une très grande proximité avec ce dernier pouvait avoir pris ces photos, restait à découvrir quelles en étaient les raisons qui l'avaient poussé à agir ainsi.

Il leur reste encore un étage à visiter, ils se décident à y monter quelque peu tendus, que vont-ils encore découvrir ?, Luana tente de cacher son appréhension derrière un sourire crispé, deux pièces seulement au fond du palier, un local qui sert de rangement où ils ne s'attardent pas et un bureau bibliothèque soigneusement aménagé qui s'ouvre sur une grande terrasse, ils ne se doutent pas encore qu'ils y passeront une grande partie de l'après-midi faisant une découverte aussi surprenante qu'inattendue...

13 janvier 2015 - 9 h, Luana vient de terminer son petit déjeuner, Côme s'est éclipsé avant qu'elle ne se lève, il lui a laissé un mot sur la table de la cuisine, il fait un saut chez le notaire, il espère que ce ne sera pas trop long, il a promis à sa compagne une journée de détente, au programme visite de la ville, restaurant et shopping. Luana a insisté pour faire un break, après tout c'était le deal initial, concilier tourisme et affaires, le premier étant passé au second plan elle est revenue à la charge, Côme a rendu les armes, après tout c'est bien connu :
« Ce que femme veut, Dieu le veut ! »

10 h, Luana raccroche le téléphone, un peu plus rassurée, les nouvelles sont plutôt bonnes elle a appelé Françoise grippée pour savoir si son état s'améliorait, c'est derrière moi lui a affirmé sa mère, elle en a également profité pour prendre des nouvelles de Tanguy qui paraissait quelque peu amorphe la veille de son départ, sa mère l'a conduit au vétérinaire, il n'a rien décelé, juste une petite baisse de forme, il lui a prescrit des vitamines, un fortifiant et un peu plus d'exercice.

Toujours pas de Côme en vue, elle commence à trouver le temps long, la matinée sera perdue s'il tarde encore.

Il a emporté avec lui une partie des documents découverts la veille dans les tiroirs du bureau d'Alessandra notamment l'existence d'une relation amoureuse entre elle et son associée concrétisée par un contrat. Si la révélation de l'homosexualité de sa mère a été un coup de massue supplémentaire, ce n'est toutefois pas la raison qui l'a poussé à solliciter le notaire, ce qu'il qualifie de cadeau empoisonné soulève de nombreuses interrogations par sa complexité.

Si les dernières volontés d'Alessandra ne prêtent à aucune confusion au sujet de l'appartement de Milan et de la villa de Bergame ça l'est beaucoup moins en ce qui concerne le salon de coiffure et l'institut de beauté, Pia Brunetti étant associée à parts égales, Côme devrait hériter de la moitié seulement mais pour cela il faudrait probablement les vendre ou négocier avec l'associée de sa mère pour obtenir la part qui lui revient.

Côme est catégorique, cette option n'est en rien envisageable, qui est-il pour prétendre à la moitié de ce patrimoine, hériter d'une mère dont il n'a que peu de souvenirs et pour laquelle il ne ressent que de la colère et du mépris ne lui confère aucune légitimité, aucun droit. Il a prévu d'informer le notaire qu'il souhaite exercer un droit de retrait sur cet héritage.

Luana et lui ont un profond désaccord sur ce point, si la jeune femme partage son point de vue en ce qui concerne sa décision de refuser la moindre somme provenant des commerces de sa mère, elle est beaucoup plus mitigée au sujet de l'appartement de Milan et de la villa de Bergame, refuser serait de la pure folie, elle s'avoue en son for intérieur être tombée sous le charme de la splendide demeure, quel bonheur ce serait que d'y séjourner l'été avec Françoise et Tanguy, inviter les cousins de Louis, Luana rêve, si c'était elle qui avait eu la chance d'hériter de cette maison elle n'y renoncerait pour rien au monde mais Côme n'est pas dans cette optique, il ne se projette absolument pas dans cette maison, il la vendrait le plus rapidement possible.

9 h 30, chez le notaire, Côme attend d'être reçu par Maître Tomasini, il fait les cent pas dans la salle d'attente, cette sorte de Pacs conclu entre sa mère et son associée le tourmente, complexifie les choses, le notaire n'ayant en aucun cas mentionné ce document, il en vient à douter de l'existence légale de ce type de contrat, il sera probablement fixé sur ce point dans quelques instants.

10 h 15, Luana est assise sur la terrasse, elle guette Côme qui ne devrait pas tarder, le voici justement qui vient de tourner l'angle de la rue, il relève la tête et l'apercevant lui fait un petit signe de la main, son visage fermé ne lui dit toutefois rien qui vaille, pourvu qu'il tienne sa promesse, le Duomo, le théâtre de la Scala, la galleria Vittorio-Emanuelle II, pas question d'y renoncer quelles que soient les

dernières nouvelles, elle est prête à s'y rendre seule s'il lui fait faux bond.

13 heures, beaucoup de monde en terrasse à la trattoria Del Duomo, les températures clémentes y sont pour beaucoup, l'un des serveurs leur a trouvé une table in extremis avant qu'elle ne soit à nouveau prise. Luana épuisée s'est laissé tomber sur sa chaise avec un soulagement non dissimulé, la seconde partie de la matinée a été bien remplie : visite du majestueux Duomo, troisième plus grande église catholique après Saint Pierre de Rome et la cathédrale de Séville puis shopping à l'intérieur de la voûte de verre et d'acier qui abrite la célèbre et très prisée galleria Vittorio-Emanuelle. Il y fait un peu froid en cette saison, cela n'a pas empêché une foule dense et animée de s'y presser, Côme a insisté pour offrir un bracelet en or à sa compagne dans l'une des nombreuses bijouteries du passage, elle a de son côté fait des achats, une robe et des chaussures pour elle ainsi qu'un joli sac et un foulard pour Françoise.

Luana très détendue n'a jamais autant ri que lorsque Côme s'est laissé aller comme les autres badauds à effectuer un pas de danse sur la mosaïque du taureau sur la place de l'ottagono au cœur même de la galerie, une sorte de rituel consistant à faire trois tours sur soi-même pour exaucer un vœu. L'endroit est dit-on restauré plusieurs fois par an vu le nombre de visiteurs qui jouent le jeu.

16 heures, si le bâtiment néo-classique ne paie pas de mine vu de l'extérieur il est pourtant l'une des gloires de Milan et le meilleur théâtre lyrique au monde, il suffit d'évoquer la Scala pour voir briller les yeux des passionnés d'opéra, ceux qui n'y sont jamais allés rêvent de s'y rendre, les autres rêvent d'y retourner, les ténors les plus renommés, les cantatrices les plus célèbres y ont chantés, c'est une véritable consécration pour un artiste que de s'y produire. La salle construite en fer à cheval bénéficie d'une acoustique incomparable à nulle autre salle. Rossini, Bellini, Donizetti y ont tous eu leur heure de gloire et principalement Verdi qui y régna durant plus de cinquante ans. Luana a quitté les lieux à regret lorsque la visite s'est achevée, Côme lui a promis qu'ils auraient l'occasion dans les mois à venir d'assister à une représentation, elle s'est abstenue de lui répondre, comment pouvait-il dire cela après lui avoir fermement déclaré le matin même au moment de partir chez le notaire qu'il envisageait de renoncer à l'intégralité de l'héritage. Conserver néanmoins l'appartement de Milan aurait été un compromis envisageable et voilà

qu'il le refusait, ça dépassait l'entendement. Elle est d'autant plus frustrée qu'elle ne peut intervenir dans sa décision et à quel titre le ferait-elle d'ailleurs ? Leur relation est toute récente et peut s'arrêter du jour au lendemain, ils ne vivent même pas sous le même toit.

Luana s'est prise à rêver la nuit dernière à une belle demeure qui ressemblerait comme deux gouttes d'eau à celle de Bergame, des enfants qui joueraient dans le jardin, des chiens qui s'ébattraient en toute liberté, cet univers ne sera pourtant jamais ni le sien, ni le leur, entretenir une telle maison, les charges qui s'y incombent, tout cela n'est en rien compatible avec leurs moyens, il faudrait de plus quitter la France, vendre leurs maisons respectives, quant aux enfants ? vu son âge ça relève de l'utopie

C'est alors qu'ils déambulaient dans le milan médiéval en fin d'après-midi et qu'ils traversaient la célèbre place des marchands (piazza dei mercati) que Côme se décida à lui raconter son entretien avec Sévario Tomasini. Très évasif le matin même il avait souhaité différer le compte-rendu de son échange en lui promettant de lui expliquer la situation d'ici la fin de la journée. La jambe de Luana la faisant souffrir à nouveau, Côme lui proposa de faire une pause à la terrasse d'un salon de thé pour qu'elle puisse se reposer, il attendit qu'ils soient servis avant d'aborder le sujet délicat de l'héritage, s'étant bien rendu compte que sa compagne désapprouvait son attitude et se renfrognait lorsqu'il lui en parlait.

Cette tension entre eux depuis le début de leur séjour l'attriste, il espérait tant qu'elle approuve sa décision et lui apporte son soutien. Il n'a pas voulu lui gâcher cette journée et s'est efforcé de mettre de côté cette discussion qu'il ne peut décemment plus différer. Côme aime les situations simples, l'ambiguïté, les non-dits pas son fort, ça le fait souffrir de manière excessive même s'il essaie de le dissimuler comme il peut.

Voyant Luana se détendre et retrouver le sourire il se jette à l'eau non sans appréhension tout en formulant des prières silencieuses pour que cette discussion ne vire pas à l'altercation.

Il commence par évoquer la réaction de surprise du notaire lorsqu'il lui a déposé le contrat de Pacs devant les yeux, celle-ci n'était en rien simulée, Savério Tomasini ignorait l'existence de ce document. Il y est clairement stipulé que Alessandra Ranieri et Pia Brunetti était en couple depuis une dizaine d'années. Le notaire plutôt dubitatif prit néanmoins son temps pour examiner ledit document précisant au passage à Côme que le Pacs n'existant pas en Italie, ce papier n'avait selon lui aucune légitimité. Lorsqu'il eut terminé sa lecture il consentit néanmoins à expliquer qu'il s'agissait en fait d'une simple attestation validant une union civile à l'initiative du mouvement LGBT instaurée vers 1993 et consistant à enregistrer sur un registre communal les couples homosexuels vivant en concubinage. La signification en était purement symbolique. Cependant chaque tentative fut refusée par le comité régional de chaque région, ce n'est qu'à partir de 2004 que la Calabre, la Toscane suivie rapidement de l'Ombrie et de l'Emilie-Romagne que la reconnaissance des autres formes de concubinage se refusant de toute forme de discrimination liée à l'Ethnie ou à l'orientation sexuelle fut approuvée, Alessandra et Pia ayant pour leur part fait valider leur union à Florence en juillet cette année-là.

Côme s'enquit alors de la valeur juridique de ce Pacs qui selon lui remettait en question le testament rédigé par sa mère, son interlocuteur quelque peu exaspéré lui rétorqua quelque peu sèchement que pareil cas ne s'étant jamais présenté tout au long de sa carrière il fallait qu'il se renseigne pour lui apporter une réponse et qu'il reviendrait vers lui dès qu'il en saurait un peu plus. Luana l'a écouté attentivement, le notaire lui a déplu d'emblée, un personnage imbu de sa personne et très autoritaire, c'était flagrant dans sa manière d'interpeller ses secrétaires, sa réaction déplacée ne la surprend pas plus que ça, elle s'étonne cependant de la maîtrise de son compagnon si prompt à se mettre en colère. Côme hausse les épaules, il n'aurait rien gagné à braquer l'homme, il a pris sur lui, l'a joué diplomate même s'il confesse en riant qu'il mourait d'envie de lui faire manger son abominable cravate bordeaux à fleurs vertes. Cette seule évocation les fait rire aux larmes et retrouver leur complicité d'antan quelque peu émoussée par les derniers évènements.

C'est beaucoup plus détendus qu'ils arrivent à parler de Pia Brunetti, le tri minutieux des tiroirs d'Alexandra leur a appris qu'elle possédait une propriété à Torri del Benacco, un petit village situé à 5 kilomètres au nord de la ville de Garde sur la rive orientale du lac du même nom. Il faut en moyenne un peu plus deux heures de voiture pour s'y rendre depuis Milan, Côme exprime son désir de s'y rendre, Luana estime qu'il faudrait lui téléphoner pour savoir si elle serait disposée à les recevoir, pas question de s'imposer en arrivant à l'improviste, d'autant plus qu'ils n'ont pas la certitude de la trouver chez elle.

Chapitre 16 - Pia Brunetti

De belles placettes, un joli port de pêche et de plaisance dominé par le Castello Scaligero (château Scaliger) cerné par de splendides bâtiments, c'est la première impression qu'ont Côme et Luana en arrivant dans le centre historique de Torri del Benacco, le port très fréquenté habituellement est quasi désert en cette saison, l'été, il affiche cependant complet, un pur vivier à touristes comme leur explique le barman du petit café où ils se sont attablés le temps d'une pause. Il pleut à verse depuis qu'ils ont quitté Milan en fin de matinée. Les rares touristes qui flânaient se sont également réfugiés à l'intérieur du bar.

Côme a pu joindre l'associée d'Alessandra, Pia n'a montré aucun étonnement, visiblement elle s'y attendait, sa voix est très douce, très posée, on y perçoit cependant une grande tristesse lorsqu'elle évoque sa compagne partie trop tôt. Rendez-vous est pris pour le lendemain 16 heures à son domicile.

Dans trois jours ils devront quitter l'Italie, Luana regrette un peu de ne pas pouvoir prolonger le voyage, il y a tant de belles choses à découvrir dans la région, alors Côme a eu une idée, il a loué une chambre dans un hôtel du centre-ville de Vérone, ce n'est qu'à environ une heure trente de Torri del Benacco, difficile de trouver destination plus romantique d'autant plus qu'il a prévu de lui faire une demande qu'elle ne pourra certainement pas refuser, il en rit d'avance de la surprise qu'il lui a réservée.

Les souvenirs de sa jeunesse ont ressurgi brutalement lorsque son compagnon lui a suggéré de pousser jusqu'à Vérone après leur visite chez l'amie de sa mère, ils pourraient y être en fin de soirée, y dormir dans le petit hôtel qu'il a réservé pour la nuit. Elle n'a pas osé le lui refuser mais aurait préféré une autre destination.

La pluie cesse peu à peu, un timide rayon de soleil commence à percer, il n'est pas loin de 16 heures, Côme hèle le serveur et règle l'addition, Ils regagnent le break, la via Gabriele D'Annunzio située sur les hauteurs du village est à moins de cinq minutes de marche mais c'est déjà beaucoup trop pour Luana. Ils y sont quelques minutes plus tard, la maison de Pia Brunetti se trouve en contrebas de la rue, c'est une grande bâtisse aux murs blancs et aux volets rouges, difficile de la rater. Ils se garent sur le petit parking désert à moins de 50 mètres. Ils sont un peu tendus tout particulièrement Côme qui s'efforce de le dissimuler comme il peut. Les voilà devant une lourde porte en bois grise qui s'ouvre dès qu'ils actionnent l'interphone.

— Bonjour, je vous attends dans le salon, longez le corridor et tournez à votre gauche.

Un peu interloqués, ils obéissent néanmoins à la voix qui les interpelle du fond du couloir.

Une septuagénaire brune aux cheveux coupés très courts, vêtue d'une robe d'intérieur bleu turquoise est assise sur un sofa en tissus de couleur sombre, un gros chat gris aux yeux vert émeraude blotti tout contre elle leur jette un regard apeuré et file se réfugier derrière les rideaux de la fenêtre.

Luana en fine observatrice a déjà repéré les deux béquilles posées sur une chaise tout à proximité de la femme assise, Côme est comme figé, les bras ballants incapable d'articuler la moindre parole, Pia Brunetti d'un geste de la main leur désigne les fauteuils en rotin qui lui font face, ils s'y installent dans un silence quasi religieux que vient troubler un petit miaulement plaintif.

— Cicéron n'a pas l'habitude de voir du monde et il se fait vieux le pauvre.

Cette réflexion anodine formulée par leur hôtesse fait retomber la pression, Luana rebondit instantanément en évoquant Adonis son chat persan que lui avait offert ses grands-parents lorsqu'elle était enfant. Côme est soulagé, la réaction de sa compagne lui permet de reprendre ses esprits et de se préparer à cette conversation qu'il redoute et à laquelle il ne peut décemment plus se soustraire.

La compagne de sa mère ne l'a pas quitté des yeux durant son échange avec Luana, c'est les larmes aux yeux qu'elle s'adresse à lui par ces mots :

— Je suis heureuse, si heureuse de faire la connaissance du fils d'Alessandra, excusez mon émotion mais vous ressemblez tellement à votre mère que j'ai eu un choc lorsque vous êtes apparu devant moi. J'aurais tellement aimé vous rencontrer dans d'autres circonstances, Alessandra mia parlait si souvent de son grand fils qui lui manquait tant, elle me disait qu'un jour vous viendriez la voir, elle avait tant de choses à vous dire, si vous saviez comme elle vous aimait et combien elle souffrait de votre séparation

Côme s'est figé en attendant ces paroles, il semble sur le point d'exploser, il se contient à grande peine en essayant de maîtriser le tremblement de sa voix lorsqu'il lui répond :

— Vous comprendrez que je puisse avoir du mal à vous croire, la dernière fois que j'ai vu ma mère, j'avais 8 ans et elle s'enfuyait comme une voleuse en me promettant de revenir me chercher, ce qu'elle a semble-t-il oublié de faire.

Luana ne s'attendant pas à une telle répartie scrute avec inquiétude le visage de leur hôtesse, celle-ci accuse le coup, elle semble réfléchir, un silence pesant s'installe, Côme ne la quitte pas du regard, les hostilités sont lancées.

— Je crois qu'il faut que je vous parle de votre mère, j'ai beaucoup de choses à vous apprendre à son sujet, on vous a dissimulé la vérité, j'ai partagé sa vie pendant plus de vingt ans et j'ai été aux premières loges vous savez, laissez-moi vous expliquer qui était Alessandra Ranieri. Après vous partirez si vous ne me croyez pas.

Luana observe Côme, les mâchoires serrées, le front plissé, sa main gauche qu'il frotte nerveusement sur sa cuisse ne lui dit rien qui vaille, posant délicatement une main sur son genou elle lui fait passer un message muet lorsqu'il se retourne vers elle. Côme capitule !

— Soit, je vous écoute mais sachez que rien de ce que vous pourrez m'apprendre ne me fera changer d'avis

Pia Brunetti esquisse un sourire et commence son récit par sa toute première rencontre avec Alessandra.

« *Milan été 1991, beaucoup de monde dans le salon de coiffure très fréquenté de la via Speronari ce matin, il n'était pourtant que dix heures du matin, une ruche d'abeilles bourdonnante comme je les qualifiais affectueusement. Quelque peu débordée je m'efforçais cependant de garder le sourire. Mon apprentie avait démissionné depuis plus de trois semaines et je n'avais trouvé personne pour la remplacer, j'avais dû me résigner à mettre une annonce sur la vitrine du salon, trois personnes s'étaient présentées, aucune n'avait fait l'affaire, j'allais être contrainte de baisser le rideau à ce rythme-là.*

Toutefois il me restait un dernier joker, une jeune française possédant son CAP de coiffure et parlant l'italien couramment m'avait téléphoné, elle cherchait un emploi, je lui avais proposé un rendez-vous le soir-même.

18 heures 30 : plus une cliente dans le salon, je venais de finir de nettoyer les bacs et j'en profitais pour ranger les produits et donner un coup de balai, mon dos me torturait, vivement que j'ai de l'aide. Justement la jeune femme envoyée par l'agence venait de franchir le seuil de la porte. Je la fis s'asseoir, pris place en face d'elle et l'observait attentivement, 26-27 ans, très jolie fille, blonde, de grands yeux verts, une silhouette à faire tourner les têtes, elle n'en avait probablement pas conscience si l'on en croyait la tristesse qui se dégageait de son regard, une biche effarouchée, il s'agissait de ne pas la brusquer, je la sentis sur la défensive et prête à s'enfuir.

Je lui demandai tout simplement de me parler d'elle, cet angle d'attaque aussi surprenant qu'il fut paru la rassurer. »

— Vous l'avez embauchée c'est ça ? C'était ma mère ?

Côme impatient vient d'interrompre un peu abruptement leur hôtesse, Luana lui fait signe de se taire, elle tient à entendre la suite

Pia acquiesce d'un signe de tête et reprend là où elle s'était arrêtée :

« *Alessandra commença dès le lendemain, ponctuelle, sérieuse, elle se révéla une employée modèle au fur et à mesure que les mois passaient, inventive, créative pour le plus grand bonheur des clientes qui se chamaillaient pour être coiffées par cette jeune française si douée.*

Une autre employée avait rejoint le salon, originaire de Venise elle venait de s'installer à Milan avec sa famille et venait donner un coup de main les après-midis.

Sollicitée par mon avocat pour préparer le dossier de mon divorce je fus contrainte de m'éclipser du salon deux à trois fois par semaine, Umberto mon conjoint réclamait la garde exclusive de notre fille unique Paola, cela complexifiait d'autant plus la situation que mon député de mari avait le bras long et ne cédait en rien au fur et à mesure que la procédure s'accélérait.

Je m'étais confié à Alessandra qui de son côté songeait de plus en plus à d'engager une procédure de son côté pour mettre un terme à son union avec Gabriel Sournin sans se bercer d'illusions toutefois car celui qu'elle qualifiait de tyran brutal et borné l'avait prévenu qu'il ne lui rendrait jamais sa liberté, la menaçant de débarquer à Milan pour la ramener en France.

Je lui avais suggéré de consulter mon avocat Maître Mutti qui me conseillait depuis plusieurs années, Alessandra hésitait, les représailles promises par votre père si elle se manifestait pour vous voir la terrifiait mais Francesco Mutti sut la convaincre, il sollicita un confrère français qui engagea une procédure afin de persuader Gabriel Sournin d'accepter une proposition de divorce à l'amiable.

Cette action engagée renforça la motivation de ma douce amie, elle envisagea alors de demander une garde partagée sachant pertinemment qu'elle ne pourrait obtenir plus. Elle avait repris confiance en elle, se persuadant que bientôt elle pourrait serrer son fils dans ses bras et lui faire découvrir Milan.

Je fermais le salon pour deux semaines, Alessandra m'avait demandée de l'accompagner en France pour rencontrer l'avocat qui se chargerait de défendre ses intérêts, nous avions réservé deux chambres dans un petit hôtel tranquille du centre-ville de Toulon. Maître Arditi nous reçut dès le lendemain de notre arrivée, il ne nous cacha pas son inquiétude, le dossier était complexe et la partie très loin d'être gagnée. Deux années s'étaient écoulées depuis qu'Alessandra avait quitté le domicile conjugal et Gabriel de son côté s'était assuré les services d'un ténor du barreau de Marseille spécialisé dans les divorces et dont la réputation n'était plus à faire.

Maître Arditi ne ménagea pas votre mère, lui exposant la situation sans détours, la partie ne serait pas facile, Gabriel Sournin fort bien conseillé avait pris les devants deux ans auparavant en faisant constater par un huissier l'abandon par son épouse du domicile conjugal.

Je voyais ma pauvre amie se liquéfier littéralement en entendant ces paroles, pour ma part j'étais bouleversée, un mauvais pressentiment m'avait saisi, je n'osais lui en faire part la voyant déjà si abattue.

Nous quittâmes le cabinet la gorge nouée, Alessandra voulut regagner l'hôtel, il faisait beau, nous étions en été, je réussis à la persuader de faire une promenade sur le port pour nous aérer un peu, il était bien trop tôt pour s'enfermer dans une chambre d'hôtel, elle n'osa pas refuser mais je voyais bien que le cœur n'y était plus, nous fîmes une halte dans un bar bondé plus bruyant qu'une pizzeria milanaise, ma jeune amie avala si rapidement son jus de fruits qu'elle faillit s'étouffer puis me supplia de rentrer avec elle à l'hôtel, elle avait besoin de se remettre de cet entretien, son visage ravagé, le tremblement de ses mains laissait présager une crise de larmes qu'elle s'efforçait cependant de maîtriser.

Nous partîmes sur le champ après avoir réglé l'addition, Alessandra ne descendit pas dîner avec moi, elle s'était couchée dès notre retour, je frappais à sa porte lorsque je regagnais la mienne, elle me cria d'entrer, elle n'avait même pas pris la peine de verrouiller la serrure, je la découvris couchée tout habillée sur son lit, répétant sans cesse la même litanie :

— C'est fini, je ne le reverrais plus jamais, c'est terminé, je voudrais être morte, je n'aurais jamais dû le laisser avec lui, je suis une mauvaise mère.

Je m'assis sur le lit et la serrais contre moi en lui murmurant de vaines paroles d'apaisement, une poupée brisée, disloquée songeais-je alors avec amertume, j'aurais fait n'importe quoi pour apaiser son chagrin mais j'étais pour la première fois de ma vie totalement désarmée.

Je me retirais dans ma chambre et passais la nuit à réfléchir, le lendemain matin ma décision était prise, j'allais réserver une voiture de location, j'avais repéré une agence non loin de l'hôtel, j'avais dans l'idée d'emmener Alessandra qui ne conduisait pas à la ferme des Sournin, nous trouverions bien un moyen d'approcher Côme, de lui parler.

Je n'imaginais pas alors les conséquences réelles de cette décision et ce qu'il en découlerait. »

Pia s'est arrêtée de parler, une quinte de toux l'empêche de poursuivre, avisant le plateau à côté d'elle sur lequel repose une carafe en cristal elle tente maladroitement d'en verser une partie du contenu dans un verre, Luana vole à son secours et lui propose son aide qu'elle accepte sans hésiter, le courant est très vite passé entre les deux femmes. Ce n'est qu'après avoir reposé son verre sur le petit guéridon en marbre que leur interlocutrice reprend la parole, sa voix est grave, elle scrute attentivement leurs visages tout en précisant que la suite de son récit risque de les bouleverser. Côme quelque peu ironique lui rétorque qu'il lui en faudrait bien plus pour le troubler. Luana exaspérée par son attitude puérile se contente d'un signe de tête pour signifier son accord. Pia reprend alors son récit d'une voix quelque peu altérée par l'émotion.

« Alessandra émit quelques réserves lorsque je lui exposais mon plan, elle craignait que Gabriel nous aperçoive, il serait selon ses propres termes capable de décrocher son fusil pour leur tirer dessus. Nous devrions être tout particulièrement prudentes. Les vacances scolaires venaient de commencer, ça augmentait nos chances de vous voir, nous partîmes pleines d'espoir, aucune de nous n'aurait pu imaginer que vous soyez partis en colonie de vacances. C'est la première erreur que nous fîmes. Une heure plus tard nous traversions le village du Cannet des Maures, la ferme des Sournin se situait à un kilomètre environ, Alessandra me demanda de prendre un embranchement pour arriver sur un chemin de campagne, l'idée était de s'y garer et de quitter le véhicule pour pouvoir grimper sur une petite colline d'où la vue était imprenable, de là nous aurions une vue directe sur la ferme, j'avais pris soin d'emmener des jumelles lorsque j'avais préparé mes bagages, un vieux réflexe lorsque je pars en voyage.

Alessandra s'assit sur un rocher, je m'asseyais un peu plus loin à l'ombre, je l'observais les yeux rivés sur la maison, elle tremblait, je me mis à culpabiliser et commençais à regretter cette initiative. Elle m'avait demandé de lui prêter les jumelles et ne les avait plus lâchées, une demi-heure s'écoula, aucun signe d'une quelconque présence humaine, seuls les animaux assoupis dans leur enclos témoignaient de l'existence de cette ferme.

Je voulus rentrer sur Toulon, un mauvais pressentiment m'avait saisi, cet endroit ne me disait rien qui vaille, Alessandra refusa catégoriquement, redescendit à la voiture au pas de courses, elle me parut très excitée

— *La voiture de Gabriel n'est pas là, peut-être que Côme est dans la maison, il fait si chaud dehors, c'est ma seule chance de voir mon petit gars, approchons-nous, on improvisera, je ne partirai pas sans l'avoir vu quitte à dormir dans la voiture.*

J'étais tétanisée, comment la ramener à la raison, lui parler de mes craintes alors que j'étais la seule responsable de cette situation, il était trop tard pour reculer, je cédais, Alessandra perdait tout contrôle lorsque ses crises se déclenchaient. »

— Ses crises ? Mais qu'est-ce que vous sous-entendez.

Côme a quasiment sauté de son fauteuil et marche de long en large, Luana s'affole un peu, elle se revoit dans la chambre d'Alessandra devant le mur rempli de photos, il avait eu la même réaction, la jeune femme très préoccupée par l'état mental de son compagnon avait pris conseil quelques mois plus tôt auprès d'une psychiatre qui l'avait notamment prévenue que la bipolarité avec troubles borderline dont souffrait le jeune homme pouvait se manifester à tout moment et plus particulièrement en cas de stress, d'émotions intenses et que ce n'était pas une maladie à prendre à la légère. Les lectures de Luana concernant cette pathologie lui avaient également appris que si l'un des parents voire les deux en étaient atteints le risque de le transmettre à leur descendance s'avérait plus important.

Luana comprend en un éclair que la mère de Côme souffrant de bipolarité l'avait malheureusement transmise à son fils, un cadeau empoisonné dont il se serait fort bien passé et dont il vient à l'instant de découvrir la provenance.

— Bon sang mais elle m'aura tout fait cette garce, ça ne lui suffisait pas de m'avoir renié, fallait aussi qu'elle m'ait transmis cette saloperie de maladie.

Côme est en roue libre, une sourde colère mêlée de chagrin s'est emparée de lui, Luana tente de le calmer, peine perdue, l'homme est sans filtre lorsqu'il perd le contrôle, il peut avoir des phrases terriblement blessantes qu'il aura oubliées le soir même.

C'est Pia Brunetti qui contre toute attente y parviendra en évoquant la souffrance d'Alessandra durant ses crises de violence où elle n'était plus elle-même, cette dérive des mots des gestes qu'elle devait maîtriser avant que le pire n'arrive, ces tentatives de suicide qu'elle devait anticiper, ces hospitalisations en psychiatrie, sa crainte d'avoir transmis sa maladie à son seul enfant.

Luana déconcertée observe son compagnon qui vient de se rasseoir, cette confession inattendue semble l'avoir calmé, Pia lui demande si elle peut poursuivre, il acquiesce sans parler se contentant d'un hochement de tête.

« Je me garais en contrebas de l'autre côté de la route pour ne pas attirer l'attention, Alessandra s'était ruée à l'extérieur et marchait à vive allure en direction de la ferme, je dus presser le pas pour la rattraper, nous longeâmes le porche et les enclos pour arriver jusqu'à une bâtisse dont la porte d'entrée n'était pas fermée, je voulus faire demi-tour, Alessandra ne m'entendait plus, ne me voyait plus, elle s'engouffra dans la maison traversa à vive allure ce qui me parut être une salle à manger, je la vis ouvrir une porte en bois noir qui donnait sur un escalier en colimaçon je l'attrapais par le bras avant qu'elle ne s'y engage lui chuchotant de faire demi-tour, elle se dégagea doucement mais fermement sans me répondre, son regard halluciné confirma mes craintes.

Arrivée au premier palier elle tourna à gauche et longea un couloir sombre et étroit, parvenue au bout elle entrouvrit l'avant dernière porte sur laquelle il était écrit Côme sur un grand panneau stylisé. Je l'avais rejointe alors qu'elle venait de se laisser tomber sur le lit en serrant dans ses bras un éléphant en peluche quelque peu défraîchie. Elle la berçait comme on berce un enfant, sa déception faisait peine à voir, je la pressais de partir, autant ne pas s'attarder puisque son fils ne se trouvait pas dans la maison, j'insistais, nous trouverions bien un autre moyen de vous contacter. Subitement dégrisée elle me suivit sans mot dire lorsque des bruits nous interpellèrent, des sortes de gémissements semblant provenir de l'étage en dessus, Alessandra réagit la première

— Ça vient de la chambre de Rose me murmura-t-elle
— Partons je t'en prie, suppliai-je

Elle s'était précipitée dans l'escalier, je la suivis en désespoir de cause

Alessandra ouvrit sans plus attendre la porte de la chambre de son ancienne domestique, le spectacle que nous offrit cette femme dénudée et attachée au lit subissant les assauts d'un homme en sueur au visage congestionné nous fit l'effet d'une bombe.

Gabriel Sournin, c'était lui, poussa un cri de colère qui me glaça le sang, ce cri me hante encore parfois certaines nuits.

J'attrapais le bras d'Alessandra et l'entraînais dans l'escalier, des pas juste derrière nous, nous nous mîmes à courir, Alessandra sanglotait, nous arrivâmes à toute allure dans la cour, je hurlais à ma compagne qui reprenait sa respiration de ne pas s'arrêter et repris ma course, une fois à la voiture il ne pourrait plus nous attraper.

Comme dans un cauchemar les hurlements d'Alessandra me firent me retourner, Gabriel Sournin l'avait attrapée par les cheveux et la traînait sur le sol, l'insultant, la giflant, la rouant de coup.

Mon sang ne fit qu'un tour, je me jetais sur lui et le frappais à mon tour, il ne s'y attendait pas et vacilla sous l'effet de la surprise, il se reprit très vite cependant et se jetant sur moi, mit ses mains autour de mon cou, tenta de m'étrangler, je tentais de me dégager, il serrait de plus en plus fort, mes forces m'abandonnaient, la vision de ma fille que je ne reverrais plus me submergea comme une houle de douleur, je m'écroulais sur le sol.

Lorsque je revins à moi il me sembla qu'une éternité s'était écoulée, en réalité mon évanouissement avait duré moins d'un quart d'heure, c'est Alessandra qui me l'expliqua lorsque j'émergeais enfin, j'étais allongée à l'arrière de la voiture, je regardais son visage commotionné, sa lèvre ouverte, elle saignait de partout, comment pouvait-elle tenir encore debout avec ce qu'elle venait de subir, c'est alors que je la vis, la femme qui se tenait à ses côtés, je la reconnus sur le champ, Rose, que faisait-elle là, Alessandra avait suivi mon regard et m'expliqua que la domestique nous avait sauvé la vie, qu'avec beaucoup de sang-froid elle s'était emparée d'un vase et l'avait brisé sur le crâne de son amant, elle l'avait ensuite déplacé à l'intérieur de la grange où elle l'avait enfermé.

Je restais sans voix, il ne pouvait pourtant pas y avoir d'ambiguïtés avec le spectacle que nous avions vu, pour quelle étrange raison cette femme prenait-elle le risque de nous aider alors qu'elle couchait avec notre agresseur, je sentais bien qu'elle nous cachait quelque chose, ce qui se confirma lorsqu'elle nous enjoignit de partir sans plus attendre et de s'en tenir au scénario prévu.

Elle s'éloigna après avoir chuchoté quelques mots à l'oreille d'Alessandra, je pris le volant et démarrais en trombe afin de m'éloigner le plus vite possible de cet endroit maudit, j'interrogeais ma compagne, que voulait dire Rose par scénario prévu ?

Alessandra hésita, je la sentis gênée, je baissais les yeux, son genou droit saignait abondamment l'urgence était de trouver un hôpital, celui du Luc en Provence était le plus proche, nous y fûmes moins de dix minutes plus tard.

Je garais la voiture sur le parking et fis le tour de la voiture pour aider Alessandra à descendre, elle en sortit en grimaçant de douleur, elle s'accrocha à mon bras et me demanda de la laisser parler sans l'interrompre, je ne m'attendais pas à ce qui suivit.

Elle m'avoua avoir passé un accord avec Rose, nous donnerions la version suivante à l'hôpital, un individu nous aurait attaqué alors que nous faisions une halte dans un coin isolé.

Je tombais des nues, j'avais pour ma part prévu de me rendre au commissariat le plus proche pour porter plainte contre Gabriel Sournin persuadée qu'elle en ferait de même, qu'avait donc pu lui raconter cette Rose envers laquelle je ressentais une profonde aversion, nul doute que c'était elle, la responsable de cette attitude de la part d'Alessandra. Pour la première fois depuis notre rencontre je me mis en colère, lui demandant si elle avait perdu la raison, je la sommais de tout m'expliquer, la menaçant de me rendre sur le champ au commissariat le plus proche, elle fondit en larmes, m'avoua qu'elle craignait de terribles représailles de la part de Gabriel, Rose lui ayant déclaré qu'il n'hésiterait pas à s'en prendre à l'enfant s'il apprenait qu'une plainte avait été déposée à son encontre, elle lui avait également précisé que notre intrusion serait certainement qualifié de violation de domicile. Nous étions dans l'illégalité totale dès que nous avions franchi le seuil de la maison, l'avocat de Sournin trouverait là un motif supplémentaire pour accabler celle qu'il qualifiait de mère irresponsable et défaillante. Je me remémorais alors les *paroles de Maître Arditi qui n'y était pas allé de main morte, le dossier à charge contre Alessandra, déposé par son confrère marseillais, jouerait en sa défaveur et que le moindre faux pas aggraverait une situation déjà très problématique. Je dus me rendre à l'évidence, notre faux-pas nous condamnait à l'impuissance, nous réduisait au silence et j'étais en partie responsable de cette situation.*

La foudre s'abattant sur mes épaules ne m'aurait pas plus atteinte, j'accompagnais Alessandra à l'intérieur de l'hôpital, à l'accueil je dus donc improviser pour expliquer les raisons de notre arrivée, m'en tenir au scénario de Rose, la rage au ventre, un sentiment d'injustice profondément ancré en moi, Sournin avait failli tuer de sang-froid ma douce amie et il allait s'en tirer.

Je m'installais dans la salle d'attente pendant qu'on s'occupait d'Alessandra, un médecin vint quelques instants plus tard m'expliquer qu'après l'avoir examinée il lui avait prescrit une radio et un scanner par précaution, une infirmière s'occupait de soigner ses nombreuses blessures qu'il qualifia de spectaculaires mais superficielles, pendant qu'il parlait je sentis son regard se poser sur mon cou, je portais instinctivement mes mains à ma gorge, S'approchant un peu plus près de moi il écarta délicatement mais fermement mes mains de mon cou et découvrit ce que je m'efforçais de dissimuler, déconcerté il m'interrogea néanmoins sur les raisons de mon silence, je parvins à me reprendre et me justifiais comme je le pus, je n'avais songé qu'à ma compagne et ce n'était rien de grave.

Dubitatif il secoua la tête et me conseilla de faire une radio, je déclinais la proposition, il insista plusieurs fois, je rendis les armes face à ses arguments, on me diagnostiqua un déplacement de vertèbres ce qui nécessita la pose d'une minerve puis je me rendis dans le cabinet du médecin qui me délivra une ordonnance d'anti-douleurs, il me suggéra toutefois lorsque je pris congé de me rendre chez mon médecin pour passer d'autres examens, je lui promis de suivre ses recommandation dès mon retour en Italie. Trois heures plus tard nous quittions l'hôpital, on nous avait conseillé de faire sans perdre de temps une déposition en bonne et due forme au commissariat le plus proche d'autant plus que le dossier médical mentionnerait : « agression sur la voie publique par un individu cagoulé », je n'avais rien trouvé de plus pertinent vu les circonstances.

Nous regagnâmes Toulon et notre hôtel dans un état de sidération intense, nous n'avions échangé que quelques rares paroles durant le trajet.

En début de soirée nous nous fîmes monter un repas en chambre et nous eûmes une longue conversation, cela nous permit de retrouver la complicité que je croyais alors perdue. Nous fîmes nos bagages dès le lendemain et le soir-même embarquions à l'aéroport de Marignane où un vol direct nous ramenait à Milan. »

— Quelle belle explication pour justifier que ma mère m'ait rayé de sa vie ? Ça l'a bien arrangée finalement.

Côme qui écoutait religieusement Pia jusqu'à présent manifeste à nouveau sa désapprobation, les derniers mots l'ont fait bondir, il s'agit pour lui d'un manque de courage, une mère digne de ce nom n'aurait pas trouvé ce prétexte pour abandonner son enfant, elle serait revenue à la charge d'une autre manière.

— Ne la jugez pas trop vite, je vous en prie, les choses n'étaient pas si simples, lorsque nous sommes rentrées à Milan j'ai dû me résoudre à faire hospitaliser votre mère, la situation était plus sérieuse, un traumatisme crânien n'avait pas été diagnostiqué en France, il avait provoqué un œdème cérébral, Alessandra dut subir une grosse intervention dont elle garda de lourdes séquelles.

« Une maison de repos lui fut nécessaire dès sa sortie de l'hôpital, elle y resta plus de 7 mois clouée sur un fauteuil roulant, lorsqu'elle en sortit elle remarchait presque normalement mais les médecins m'avaient prévenue qu'elle souffrait d'amnésie rétrograde, qu'elle risquait de mettre beaucoup de temps pour retrouver complètement la mémoire mais qu'il fallait garder espoir.

Une année s'était écoulée, j'avais dû embaucher deux personnes au salon pour remplacer Alessandra, mais aucune employée ne lui arrivait à la cheville, les clientes la réclamaient constamment, son absence se ressentait d'autant plus qu'elle avait développé au sein de la boutique un pôle esthétique qui ne désemplissait pas, Giovanna faisait de son mieux mais ne remportait pas tous les suffrages, loin de là.

Alessandra reprit des forces, elle se jeta à corps perdu dans le travail, deux années passèrent, nous ouvrîmes un institut de beauté dans un quartier très prisé de Milan après avoir suivi chacune une formation d'esthéticienne, ce fut un succès, le magasin ne désemplissait pas.

Et puis un jour, Alessandra reçut une lettre de France, elle provenait de Rose dont elle avait oublié jusque-là l'existence, cela lui fit l'effet d'un électrochoc lorsqu'elle en découvrit le contenu, des photos de son fils accompagnée d'une lettre manuscrite. Elle s'évanouit dans mes bras, juste après l'avoir lue.

Lorsqu'elle revint à elle tout lui était revenu, notre périple à la ferme ce jour maudit, l'agression de Sournin, notre départ précipité. Elle me tendit la lettre sans dire un mot, elle avait étalé les photos sur la table et les contemplait, des larmes silencieuses coulaient le long de ses joues.

Je maudis une fois de plus cette femme que j'apparentais à un mauvais génie et qui surgissait à nouveau au moment où Alessandra semblait avoir retrouvé un peu de sérénité.

Une question lancinante me tarauda l'esprit, j'en perdis le sommeil les jours qui suivirent, comment Rose avait-elle fait pour obtenir notre adresse d'autant plus que nous avions emménagé ensemble récemment dans un duplex à proximité de l'institut de beauté, mais ce qui me déconcertait le plus, c'était ces photos, pourquoi une telle initiative, ça dépassait l'entendement.

Alessandra s'était réfugiée dans le silence, je ne voulais pas la brusquer, j'attendis quelques jours avant d'aborder le sujet, lorsque je mentionnais Rose la traitant de manipulatrice perverse et machiavélique elle prit contre toute attente sa défense m'expliquant que la domestique n'était ni plus ni moins qu'une autre victime de son mari, que celle-ci lui avait confié ce jour maudit qu'elle était contrainte de subir les assauts de Sournin pour protéger Côme, que c'était le seul moyen de le protéger des sévices que celui-ci pourrait lui faire endurer, qu'elle avait dû se débrouiller pour avoir notre adresse d'une manière ou d'une autre par Maître Arditi et qu'envoyer ces photos était sa manière de lui demander pardon.

J'explosais d'un rire nerveux qui l'effraya, je ne l'avais pas habituée à ce type de réactions mais la coupe était pleine, comment pouvait-elle faire preuve d'autant de naïveté, je vidais mon sac, cette femme lui retournait le cerveau, la manipulait pour se donner bonne conscience, je n'étais pas aussi crédule que ma pauvre amie, il faut dire que la pauvrette avait de sérieuses excuses, être mariée à 19 ans à un homme plus âgé qu'elle dès sa sortie de l'assistance publique et se retrouver quasi séquestrée dans une exploitation agricole où elle n'avait le droit de rien faire... A contrario ma vie d'épouse de député milanais était loin de celle vécue par Alessandra, j'avais très rapidement perdu mes illusions sur la politique et les hommes en général, ça m'avait rendue tout particulièrement méfiante envers mes congénères féminines lorsque j'avais appris les nombreuses frasques de Umberto avec ses secrétaires.

Cet incident avait créé un malaise entre nous, notre amitié s'en ressentait, notre complicité s'était évaporée dans les limbes du passé, Rose nous avait quelque part un peu séparées, j'espérais sans trop y croire qu'Alessandra se reprendrait et verrait clair dans le jeu malsain de son ancienne domestique. J'ai donc pris sur moi pour pouvoir continuer à travailler avec elle et n'ai plus abordé le sujet. L'institut marchait toujours aussi bien, nous avions même dû agrandir le local. Lorsqu'un beau jour je vis arriver Paola, ma fille, qui venant d'atteindre sa majorité s'était empressée de quitter le domicile de son père je repris confiance en la vie et consacrais toute mon énergie à rattraper le temps perdu avec celle qui m'avait cruellement manqué.

Nous ne vîmes pas les années passer je vous l'avoue, nous travaillions six jours sur sept, Paola s'était jointe à nous au grand dam de son père qui n'acceptait pas de la voir arrêter ses études de droit. Alessandra et moi avions retrouvé notre complicité d'antan et notre relation prenait désormais une autre tournure, quelque chose que nous n'avions pas imaginé ni provoqué nous était tombée dessus, la flèche de Cupidon se jouant de la morale et des conventions nous avait ciblées et nous avait touchées au plus profond de notre cœur et de notre âme. Nous abandonnâmes le duplex pour acheter une maison à Bergame appartenant à l'une de nos clientes et qui nous fit un prix particulièrement avantageux. Alessandra avait eu le coup de foudre pour cette ville et cette splendide maison, il fallut néanmoins garder un pied-à-terre à Milan pour nos affaires, nous prîmes un appartement avec un petit jardin attenant qu'Alessandra décida d'acheter quelques mois plus tard elle me confia avoir l'espoir que si son fils se décidait à venir la voir lorsqu'il serait majeur il aurait un pied-à-terre. Il y a quelques mois elle m'avait proposé de lui racheter ma part de la villa de Bergame, d'abord réticente j'avais refusé mais Alessandra avait su se montrer très persuasive. Avec cet argent je pus m'acheter cette maison où je demeure aujourd'hui, mes parents y étaient nés et l'avaient vendue à regret lorsque mon père avait dû liquider sa société, je m'étais jurée de la racheter si l'occasion se présentait, Paola pourra ainsi hériter de la maison de ses grands-parents, c'est un immense bonheur pour moi, mais je m'égare, excusez-moi, revenons-en à votre mère. Elle avait engagé une correspondance avec cette Rose qui consistait principalement à un envoi de photos accompagnées de courriers, Alessandra s'isolait pour les lire et faisait mine de ne pas m'entendre lorsque je l'interrogeais à ce sujet.

J'avais toutefois pu faire le lien entre ses yeux rougis, sa surconsommation de cigarettes et ces lettres qu'elle ouvrait fébrilement, seules les photos qu'elles accrochaient scrupuleusement au mur de sa chambre semblaient l'apaiser, restait le courrier qui l'accompagnait. Je décidais d'en avoir le cœur net et forçais le tiroir de son secrétaire tout en me maudissant d'agir ainsi mais un sombre pressentiment m'étreignait.

Je les survolais rapidement, ce fut édifiant, mes craintes étaient fondées, Rose la perfide comme je la surnommais distillait du poison à petites doses dans chacune de ses correspondances mais la dépouillait également.

Alessandra devait rentrer d'ici la fin de l'après-midi, elle avait profité des quelques jours de congés que nous avions pris pour voir son médecin, des migraines récurrentes ne lui laissaient plus de répit Paola avait prévu de dîner au restaurant avec des amis, nous serions seules ce soir, j'allais provoquer une confrontation qu'elle ne pourrait éviter, je ne pouvais décemment continuer à me taire, ce que j'avais découvert était trop grave. »

Chapitre 17 - Une page qui se tourne

« *Alessandra s'était réfugiée dans le jardin, tout au fond, derrière l'ancienne volière, il faisait sombre, je peinais à l'apercevoir mais j'entendais nettement ses sanglots, j'y étais peut-être allée un peu fort mais un électrochoc était nécessaire, cette sinistre bonne femme la menait en bateau depuis trop longtemps, je regrettais de ne pas être intervenue plus tôt.*

Je me faufilais tout doucement sous les arbres et parvenue à sa hauteur m'assis sur l'un des bancs de pierre face à la balancelle où elle s'était installée la tête entre les mains.

— Je suis désolée de te faire du mal mais continuer à fermer les yeux sur cette mascarade était au-dessus de mes forces, tu dois me détester et envisager probablement de me quitter mais sache quand même que ce que tu considères comme cruel n'est qu'une preuve d'amour pour toi, cette garce t'a manipulée pour des raisons que j'ignore mais les faits sont là, elle a eu l'indécence de te faire croire qu'elle maintenait le lien entre ton fils et toi sans t'en donner une seule fois la preuve, elle s'est contentée de t'envoyer des photos, des dessins en t'extorquant de l'argent, de plus en plus d'argent si j'en crois les talons de tes chéquiers, Côme manquait de tout, de nourriture, de vêtements, de soins, en avais tu seulement la preuve ? Mais ça n'a pas suffi, cette vipère, non contente d'essayer de te ruiner te promet depuis des années de t'emmener ton fils et trouve toujours un prétexte pour différer, et la cerise sur le gâteau, le bouquet final te déclare depuis peu que Côme refuse désormais de te voir, bon sang ma chérie ouvre les yeux je t'en supplie, cette créature te hait depuis toujours, prendre ta place était son seul objectif et la première phase de son plan consistait à devenir la maîtresse de ton mari, mon intuition ne m'avait pas trompée, Alessandra, que ne m'as-tu écoutée !

Comme une digue qui cède ce furent mes propres larmes que je ne contenais plus et qui faisant écho à celles de ma douce amie se mirent à ruisseler sur mon visage en cette soirée d'été, je songeais avec tristesse et amertume que je venais de mettre un terme à notre histoire de la manière la plus cruelle qu'il soit et pourtant je ne regrettais pas d'avoir agi ainsi, quel qu'en soient les conséquences.

Je me réfugiais dans ma chambre mais ne parvins pas à trouver le sommeil cette nuit-là. J'entendis Paola rentrer vers une heure du matin, je prêtais l'oreille le reste de la nuit, j'avais allumé la télévision pour ne pas m'endormir espérant vainement qu'Alessandra ouvrirait la porte et vienne s'allonger à côté de moi. Le sommeil eut finalement raison de moi vers cinq heures.

Lorsque j'émergeais enfin de cette courte nuit je constatais avec surprise qu'il n'était pas loin de dix heures, j'avais par la force des choses dérogé à mes habitudes matinales.

Une bonne odeur de café venant vraisemblablement de la cuisine du rez-de-chaussée m'incita à quitter mon lit malgré l'étau qui me vrillait le cerveau.

La pièce était déserte, la cafetière en veille semblait m'attendre, des toasts déjà grillés disposés sur une assiette m'ouvrirent l'appétit, je me préparais un plateau sans oublier le jus de fruits pressés qu'affectionnait particulièrement ma compagne et sortis sur la terrasse, pas de signe de vie à l'horizon, pas de bruit, je commençais à stresser imaginant les pires scénarios lorsque j'entendis trois voix de femme que j'identifiais rapidement, Alessandra, Paola et probablement Ornella une amie d'enfance de ma fille qui dormait parfois à la maison.

Je m'avançais vers les marches et m'apprêtais à les descendre lorsque je distinguais leurs silhouettes qui remontait l'allée, je compris en voyant leur tenue que ce jogging matinal était probablement dû à une initiative de ma sportive de fille, je regagnais ma place ne voulant pas leur donner l'impression de les guetter

Je scrutais avec appréhension l'expression du visage d'Alessandra lorsqu'elle s'installa sur le fauteuil de jardin juste en face à moi, je lui tendis son verre de jus de mangue tout en redoutant qu'elle ne me le jette à la figure, elle le but sans dire un mot en évitant soigneusement mon regard. Les deux filles absorbées par leur conversation ne nous calculaient pas, c'était probablement mieux ainsi, pas question pour ma part de les mêler à nos problèmes de couple.

Paola m'informa qu'Ornella s'était installée à la maison pour 48 heures, je trouvais cette démarche assez cavalière d'autant plus que nous étions désormais hébergées par Alessandra puisque je lui avais cédé ma part pour racheter la demeure de mes ancêtres. Prétextant une indisposition, je me réfugiais dans ma chambre pour pouvoir y réfléchir posément.

M'expliquer avec ma compagne afin de lever toute ambiguïté s'imposa rapidement comme une évidence. J'avais cru entendre Ornella et Paola évoquer un projet de shopping et de déjeuner dans l'un de ces centres commerciaux de Bergame, leur absence me permettrait de sonder Alessandra, j'avais prévu de lui proposer de quitter sa maison si tel était son souhait, je n'avais pas l'intention de lui imposer ma présence mais j'avais besoin d'être fixée sur ses intentions.

Les filles vinrent frapper à ma porte juste avant de partir, elles avaient proposé à Alessandra qui avait décliné de se joindre à elle et me le proposèrent également je prétextais sans conviction de la comptabilité en retard et les regardais s'éloigner de la fenêtre de ma chambre avec un petit pincement au cœur, j'allais peut-être devoir leur annoncer une mauvaise nouvelle ce soir.

Ce n'est qu'une heure plus tard que je me décidais à quitter ma chambre, j'avais cogité à m'en faire exploser le cerveau en envisageant tous les scénarios possibles concernant la réaction d'Alessandra.

Je la trouvais perchée sur l'un des tabourets de cuisine, des écouteurs sur la tête et fredonnant un air d'opéra, des catalogues de fournisseurs étalés sur le plan de travail, j'en fus déconcertée, je ne m'étais pas attendue à la trouver dans cette posture, ne voulant pas la déranger je m'esquivais pour me réfugier dans le jardin grillant cigarette sur cigarette espérant qu'elle m'y rejoigne ce qui ne tarda pas à se produire.

Elle s'assit à côté de moi tout prêt, son bras frôlant le mien, je ne bougeais pas pour ne pas la braquer, tais-toi ne cessais-je de me répéter inlassablement, un geste, un mot pourrait la faire fuir.

J'attendis patiemment qu'elle prenne la parole, elle se contenta de poser sa tête sur mon épaule, nous restâmes ainsi assez longtemps pour nous endormir l'une contre l'autre, la tension nerveuse de la veille se relâchant petit à petit dans un moment d'apaisement qui remplaçait toutes les discussions superflues et polémiques que nous aurions pu avoir.

Nous ne reparlâmes plus jamais de ceci, nous avions bien trop conscience que nous avions pu in extremis sauver notre couple qui paradoxalement en sorti plus renforcé que jamais. »

Une nouvelle quinte de toux vient à nouveau interrompre le récit de Pia Brunetti, la crise semble plus forte cette fois, Luana toujours prompte à réagir lui sert de nouveau à boire, ça ne l'apaise pas, sa toux redouble, elle peine à retrouver sa respiration, Côme jetant un regard circulaire autour de lui aperçoit un petit objet abandonné sur le canapé qu'il identifie sans mal comme un inhalateur, la femme est probablement asthmatique, pas de temps à perdre, Pia a le regard vitreux, Luana comprend que ça ne suffira pas et se rue sur son téléphone pour appeler les secours.

Vérone (Vénétie), 15 janvier 2015, la charmante ville-musée lovée dans le gracieux méandre du fleuve Adige qui serpente au pied des collines toutes vertes livre de magnifiques monuments d'époques romaine, médiévale et renaissance. Un héritage architectural conservé et mis en valeur à l'image des arènes romaines qui accueillent chaque été les plus grandes scènes lyriques du monde mais la notoriété de Vérone est surtout due à Shakespeare et à son Roméo et Juliette, tragique histoire d'amour sur fond de rivalité familiale.

Luana rêvait de découvrir cette étonnante ville depuis qu'elle était en âge de s'intéresser aux choses de l'amour. C'est Bérenger qui lui avait offert une édition originale de Guilietta e Roméo écrite au quinzième siècle par Da Porto et dont Shakespeare s'était inspiré. Le futur chirurgien-dentiste avait alors promis à sa fiancée d'y passer leur voyage de noces.

C'est avec une pointe de nostalgie mêlée d'amertume que la jeune femme déambule ce matin en compagnie de son compagnon actuel, celui-ci s'inquiète, il la trouve un peu distante. Luana s'en est aperçue et tente cependant de se justifier comme elle le peut en prétextant être préoccupée par l'état de santé de Pia qu'ils ont dû faire transporter à l'hôpital Borgo Trento dans le centre-ville de Vérone et dont ils attendent des nouvelles.

Si la jeune femme a dû recourir à ce subterfuge pour ne pas froisser la susceptibilité de son compagnon elle est en revanche sincèrement préoccupée par le malaise de la septuagénaire et espère que son état s'améliorera. Une crise cardiaque, lui a-t-on appris hier soir après qu'ils furent arrivés à l'hôtel et qu'elle ait appelé le standard de l'hôpital. C'est encore Luana qui a pris l'initiative de laisser un message sur le répondeur de sa fille pour la prévenir.

Côme n'a rien dit depuis que l'ambulance a emmené la femme gisante à même le sol, il n'a fait aucun commentaire, n'a laissé paraître aucune émotion, ce qui a profondément heurté sa compagne d'autant plus qu'elle, à contrario, ne cesse de culpabiliser, une petite voix lancinante dans un coin de sa tête n'arrête pas de lui murmurer que Pia serait probablement encore à cette heure-ci dans sa demeure de Torri del Benacco s'ils ne s'étaient pas tous deux rendus chez elle pour remuer des souvenirs douloureux.

C'est sans échanger un mot qu'ils arrivent dans le quartier historique de Veronetta où se trouve le funiculaire qu'ils doivent emprunter pour rejoindre le Castel San Pietro, celui-ci les emmènera directement sur l'esplanade du château. Beaucoup de monde pour la saison, un car de touristes allemands se déverse sur la place, ils parlent fort et rient aux éclats, Luana se retrouve confrontée à ses anciens démons, la foule, le bruit, elle s'éloigne effrayée, Côme la suit, il a bien compris ce qui se passe, la cabine Passager peut contenir jusqu'à 25 personnes mais ils peuvent attendre le prochain départ, il y aura peut-être moins de monde, sinon pourquoi ne pas se rendre à la via Cappello et revenir après le déjeuner ?

La jeune femme n'hésite que quelques secondes puis prend une grande inspiration pour lui répondre que si découvrir la maison de Roméo et Juliette sur la via Campello demeure toujours sa priorité elle aimerait dans un premier temps se rendre sur le corso Castelvecchio pour y visiter le musée dont il porte le nom. Ce monument en brique rouge, considéré comme le plus important de l'architecture civile du Moyen-Age à Vérone, la fascine depuis bien longtemps.

De son passé de conservatrice de musée il lui reste la curiosité et la passion de l'art sous toutes ses formes, Côme ne partage en rien cet intérêt, il acquiesce cependant pour ne pas la contrarier, il a bien conscience de marcher sur un fil depuis qu'ils sont arrivés à Milan. Ce voyage qui aurait dû les rapprocher est en train de les éloigner peu à peu. L'homme sent qu'au plus profond de lui qu'il est train de la perdre sans trop savoir pourquoi il s'accroche à son dernier joker, celui sur lequel il mise tout, et tant pis si la chronologie des visites est chamboulée, l'essentiel est d'arriver quel que soit l'heure sur la via Cappello, s'il jubilait d'avance de sa réaction jusqu'ici, son enthousiasme est toutefois retombé comme un soufflet.

Il glisse sa main à l'intérieur de la poche de son blouson en cuir pour s'assurer que la précieuse boite s'y trouve toujours, c'est ce sésame auquel il s'accroche et en lequel il veut croire sinon la vie n'aura plus de sens pour lui.

Très loin de ces considérations Luana s'est dirigée vers l'abribus le plus proche et scrute attentivement le plan, d'ici dix minutes ils pourront avoir une correspondance qui les rapprochera du quartier de San Zeno Maggiore et du Castelvecchio.

Côme lui désigne un banc à l'écart, ils n'ont pas le temps de s'y rendre, la silhouette d'un car se profile déjà à l'horizon, ce dernier est visiblement en avance sur son horaire., Luana monte la première et parvient à dénicher une place à l'arrière tout contre la vitre, son compagnon est contraint de rester debout face à elle, il s'efforce de dissimuler son exaspération par un sourire de circonstance.

C'est dans un climat de tension palpable que le couple arrive à destination moins d'une heure plus tard. Ils prennent la direction du Corso Castelvecchio après avoir consulté le plan de la ville que Luana a pris la précaution de récupérer à la réception de l'hôtel la veille au soir.

La jeune femme marche très lentement, ses pieds la font souffrir tout autant que si elle marchait sur des lames de rasoir. Ils sont partis si vite ce matin qu'elle en a oublié ses semelles orthopédiques dans la chambre, si pressée par le timing qu'elle s'est contentée d'enfiler rapidement ses tennis pour ne pas être en retard, Côme semble absent depuis qu'ils sont descendus du bus.

Les voici enfin devant l'impressionnant édifice, Luana d'emblée sous le charme tente de faire partager un peu son émotion à Côme, lui narrant le passé de ce majestueux château-fort édifié pour défendre en 1356 Vérone des invasions de l'extérieur et des révoltes intérieures venant du peuple, elle ajoute que sa façade qui longe l'Adige fut reconstruite dans un style néoclassique en 1797, Vérone appartenait alors au royaume d'Autriche.

Côme touché malgré lui s'empresse de saisir la perche tendue par sa compagne, il se prend au jeu après avoir consulté la brochure remise à l'accueil.

C'est un peu plus détendus qu'ils pénètrent tous deux à l'intérieur de l'édifice qui abrite une grande cour, ancienne place d'armes ainsi qu'un palais seigneurial devenu musée d'art, jeu de pierres, de matières et de lumières, le ton est donné dès l'entrée, les collections sont mises en valeur de manières subtiles et harmonieuses.

Des fresques de l'école Véronaise à la Vierge au rosier de Stefano di Giovanni en passant par Les 30 histoires de la Bible, le parcours est un enchantement pour Luana, qui volubile, ne cesse de commenter les fiches explicatives disséminées tout au long du parcours, Côme est si soulagé de cet intermède inattendu qu'il se laisse gagner par son enthousiasme communicatif n'hésitant pas à plaisanter au sujet des œuvres exposées ce qui aboutit au final à un fou-rire que ni l'un ni l'autre ne parviennent plus à contenir.

Ils s'éclipsent par la petite porte du musée sous les regards courroucés des autres visiteurs pour aller contempler la vue du chemin de ronde, prenant le temps au passage d'admirer la statue équestre de Cangrade Premier, célèbre condottière empoisonné à la digitale et décédé en 1329.

Leur périple s'achève sur la dernière galerie qui dispose d'une importante collection d'armes blanches et d'œuvres rares comme l'expulsion de l'Eden par Strozzi et le Bacchus et Ariane de Giordano.

Il n'est pas loin de 12 heures 30 lorsqu'ils en partent, Côme propose de se rendre à la piazza delle Erbe afin d'y faire une pause déjeuner, ce n'est qu'à deux rues de là que se trouve la maison qui servit de cadre à William Shakespeare pour la célèbre tragédie : Roméo et Juliette.

Chapitre 18 - Les regrets de Côme

14 juillet 2015, la fête bat son plein autour du lac de Besse, une fois de plus le spectacle son et lumière, centré sur les aventures du brigand Gaspard natif du pays, a remporté un franc succès, les spectateurs enthousiasmés applaudissent sans restriction acteurs et metteur en scène qui défilent tour à tour sur l'estrade aménagé pour l'occasion.

Comme chaque été la municipalité et le comité des fêtes ont renouvelé leur confiance à la troupe de comédiens toulonnais : Les saltimbanques de l'histoire, cette association créée par d'anciens intermittents du spectacle travaille en étroite collaboration avec les élus locaux pour offrir aux habitants de nombreuses communes du Var des divertissements de qualité, le feu d'artifice programmé comme tous les ans pour la Fête Nationale est particulièrement prisé par les habitants des communes environnantes qui s'y rendent chaque été de plus en plus nombreux.

Françoise a dû longuement insister pour que sa fille l'accompagne ce soir-là, Adrien et Louise se sont joints à elles au dernier moment. Depuis son retour de Milan, Luana n'est plus la même, passant la plupart de ses journées cloîtrée dans son appartement au rez-de-chaussée, ne sortant qu'à la tombée du jour pour promener Tanguy, s'alimentant à peine. Elle a toutefois consenti à expliquer à sa mère ce qui l'avait mise dans un tel état dès le lendemain de son retour. La raison invoquée par sa fille ne l'a cependant pas pleinement convaincue.

Si la mère de Luana veut bien admettre que si Côme a manqué de réflexion en se méprenant sur la personnalité et le caractère de sa fille, elle ne peut décemment pas lui jeter la pierre, sa demande en mariage touchante et émouvante aurait probablement fait chavirer le cœur de la plus réfractaire des femmes mais pas celui de Luana.

Françoise n'ignore rien du passé de sa fille, de sa rupture avec Béranger, de son exil en Croatie avec un homme plus âgé et pervers narcissique de surcroît, elle en a conservé les stigmates, Luana est désormais un électron libre, se laisser passer la bague au doigt après avoir signé un contrat de mariage n'a jamais fait partie de ses projets.

Elle a avoué à sa mère avoir failli mourir de honte ce fameux jour à Vérone alors qu'elle s'efforçait de trouver le meilleur angle pour immortaliser le balcon de briques rosé de la célèbre maison de Roméo et Juliette et que Côme s'était soudain agenouillé devant elle en extirpant de sa poche une boite contenant une bague qu'il agitait fièrement devant ses yeux ahuris.

Elle se souvient encore des applaudissements des quelques touristes stupéfaits et des éclats de rire lorsqu'elle s'est enfui aussi vite qu'elle le pouvait en maudissant sa patte folle qui la ralentissait considérablement.

Le cauchemar se poursuivit lorsqu'elle dut rentrer en taxi à l'hôtel et qu'elle passa une partie de la nuit à guetter le retour de Côme qui ne réapparut pas avant cinq heures du matin complètement alcoolisé. Les phrases cruelles qu'il lui jeta en pleine figure la blessèrent plus encore que les humiliations et les coups portés jadis par Anto.

Ils plièrent bagages dès le lendemain en évitant soigneusement de s'adresser la parole, plus de neuf heures de route dans ces conditions éprouva considérablement la jeune femme qui, prostrée dans son coin, fit mine de dormir jusqu'à leur arrivée dans le Var où elle s'écroula en larmes dans les bras de sa mère venue la récupérer à la voiture.

Bientôt six mois se sont donc écoulés depuis leur retour de Milan, Côme ne s'est plus manifesté au grand dam de Luana qui espérait encore le voir revenir à de meilleurs sentiments, s'il voulait bien la contacter, elle pourrait lui expliquer ce qu'il s'est réellement passé lorsqu'il lui a fait sa demande, lui confier ce qu'elle n'a jamais dit à personne, pas même à Françoise, mais le jeune homme est aux abonnés absents.

Quelques jours seulement après son retour elle a pris des nouvelles de Pia toujours en observation à l'hôpital de Vérone, le standard lui a directement passé la chambre, celle-ci va beaucoup mieux et pourra regagner son domicile prochainement. Luana a passé sous silence sa récente rupture avec le fils d'Alessandra, ça n'aurait servi à rien de toute manière, elles se sont quittées sur la promesse de se revoir un jour, un courant est passée entre ces deux-là qui sans aller jusqu'à parler d'amitié s'apparente à une estime mutuelle qu'elles confortent par des échanges téléphoniques réguliers.

Au fil de leurs conversations durant les semaines écoulées Luana a dut se résoudre à évoquer sa rupture avec Côme, Pia a semblé sincèrement navrée mais formule des vœux pour que leur différent puisse s'arranger.

La semaine prochaine elle doit se rendre chez Maître Lafont notaire de son état et dont le cabinet se situe au Cannet des Maures, sa maison de Gonfaron a trouvé des acheteurs, une famille avec trois enfants, ont fait une proposition que Luana a accepté après quelques hésitations, la somme proposée étant inférieure à ses exigences de départ, l'agence immobilière qui gère le dossier a néanmoins réussi à la convaincre d'accepter, la maison nécessite de nombreux travaux et la proposition demeure très correcte.

La jeune femme envisage de racheter une autre maison, elle a pour cela commencé à prospecter, squatter la maison de sa mère indéfiniment n'est pas une option envisageable, Françoise a un peu tiqué lorsque le sujet a été évoqué, il y a bien assez de la place pour elles deux dans cette maison pourquoi gaspiller de l'argent inutilement. En réalité Françoise craint terriblement de se retrouver seule, elle ne s'est jamais complètement remise de la mort de Louis et c'est grâce à la présence de Luana qu'elle ne s'est pas effondrée.

17 juillet 2015, 16h, Louise et Adrien échangent des regards inquiets, Luana sur la banquette arrière n'a pas desserré les dents depuis qu'ils ont quitté le cabinet de Maître Lafont, la coquette somme qu'il lui a remis sous la forme d'un virement devrait pourtant lui avoir rendu un peu le sourire.

Ils n'osent pas la questionner de peur d'être indiscrets, de commettre un impair, persuadés cependant que Luana a reçu une mauvaise nouvelle alors qu'ils attendaient tous trois dans la salle d'attente du notaire, elle ne cessait de taper frénétiquement sur le clavier de son téléphone mobile en se renfrognant à chaque nouveau message.

Les textos provenaient en fait de Pia Brunetti, celle-ci venait de la prévenir qu'elle venait de recevoir un appel de Côme qui l'informait de sa présence en Italie pour quelques jours et désirait la voir le plus tôt possible.

Cette nouvelle a plongé Luana dans le désespoir, anéantissant en quelques secondes la possibilité de revoir Côme et de de s'expliquer avec lui, elle avait pourtant soigneusement peaufiné dans les moindre détails son plan, elle aurait prétexté en sortant du notaire avoir envie de passer par la route des chênes pour s'arrêter voir le paysage et aurait suggéré une halte à quelques mètres de la ferme de Côme,

Adrien et Louise se seraient certainement prêtés au jeu avec la discrétion qui les rend si précieux aux yeux de leur cousine.

19 juillet 2015, Côme, pensif, contemple attentivement l'épais cahier protégé par une couverture en tissu bleu qu'il a déposé sur sa table de chevet lorsqu'il est rentré la veille au soir, il n'a pas pu trouver le repos de la nuit, assailli par des pensées contradictoires. Lorsqu'il s'est rendu chez Pia Brunetti pour finaliser les détails de la succession de sa mère il ne s'attendait pas à en revenir avec le journal intime de celle-ci.

Il hésite entre deux options, la première, qui consisterait à en prendre connaissance, le ferait clairement s'aventurer dans le jardin secret de cette mère qui demeure à ses yeux une parfaite inconnue soit la seconde, qui le tente plus, le détruire afin que rien ne subsiste de ce passé dont il ne veut plus rien savoir et pour lequel il ne consent à aucune indulgence.

Il se souvient avoir été extrêmement déconcerté lorsque Pia lui a remis le journal intime d'Alessandra au moment où il s'apprêtait à quitter sa maison. Il envisageait de le refuser mais s'est finalement ravisé devant son insistance.

Il s'est fait monter le petit déjeuner dans sa chambre, il le termine sans se presser retardant l'instant fatidique, celui du choix, il ne peut décemment plus continuer à faire l'autruche et d'un autre côté il ressent comme une sorte de pressentiment que ce cahier pourrait peut-être faire voler en éclats toutes ses certitudes

Dix minutes plus tard il a tranché, le cahier calé sous son bras il se décide à quitter la chambre pour aller s'installer sur la grande terrasse de l'hôtel donnant sur une belle pelouse plantée d'oliviers dévoilant une vue imprenable sur le lac de Garde.

21 juillet 2015, la piazza Cavour sature de monde, cette grande place très prisée des touristes située au nord de la ville de Côme et à proximité du lac est en partie cernée de hautes maisons très colorées et de nombreux commerces.

L'homme marche rapidement, le visage fermé, les yeux dissimulés derrière des lunettes sombres qu'il ne quitte quasiment plus, il longe un grand parc faisant fi du temple Voltiano, édifice de style néo-classique doté d'un grand dôme datant de 1927, évitant autant qu'il le peut la nuée de touristes qui s'y agglutinent.

Il n'a qu'un objectif en tête rejoindre le centre historique de la ville là où se trouve la cathédrale qui porte son nom, il y est presque, un panneau surmonté d'une flèche indique qu'il faut tourner à gauche pour rejoindre la piazza del Duomo.

C'est un peu essoufflé qu'il arrive devant l'impressionnante bâtisse dont il contemple, impressionné, les vitraux et autres éléments décoratifs dans les murs et la façade soigneusement ornée. Il s'engouffre à l'intérieur bousculant au passage des touristes exaspérés qui lui chuchotent des insultes dans une langue qu'il ne comprend pas, il leur tourne le dos sans un regard et continue à se déplacer jusqu'à l'autel s'arrêtant au passage devant la statue en bois peint, superbe artefact qui représente une mise au tombeau.

Il s'assoit au troisième rang et ferme les yeux, il imagine le couple assis côte à côte priant pour l'enfant qui arrivera d'ici quelques mois, la femme est très jeune, mariée depuis peu elle ne sait pas grand-chose de la vie, mais pour cet enfant qu'elle porte dans son ventre elle espère le meilleur, elle a déjà choisi le prénom, certaine que ce sera un garçon, il se prénommera Côme.

Au même moment à des centaines de kilomètres de là, Luana s'affole, Tanguy reste sourd à ses appels, une vingtaine de minutes environ qu'elle longe les berges du lac en l'appelant, l'animal demeure introuvable, des visions insoutenables l'assaillent progressivement, et si le chien avait été kidnappé pour être revendu à un laboratoire ou par des gens du voyage qui sévissent dans la commune et ont déjà été interpellés pour ce type de méfaits.

Sa jambe trop sollicitée la contraint à s'asseoir sur le banc face au camping Harmonie Nature. La fête bat son plein, après-midi country au programme, l'animation semble rencontrer un vif succès si l'on en croit les applaudissements et les cris. On n'est jamais si seul que lorsqu'on a de la peine et que les autres s'amusent, constate-t-elle désabusée. Elle cherche fébrilement son téléphone qu'elle parvient à extraire de son sac et se résigne à appeler à l'aide.

Louise, Adrien et un couple de leurs amis la rejoignent rapidement et tous ensemble décident d'un itinéraire afin de mettre toutes les chances de leur côté pour retrouver l'animal. Louise a réussi à convaincre Luana de les laisser agir tout seuls, celle-ci résignée les regarde s'éloigner le moral au plus bas.

Une demi-heure s'écoule, toujours rien, Françoise a rejoint sa fille, toutes deux s'efforcent de conserver leur calme mais leurs visages défaits parlent pour elles.

Chapitre 19 - Tout premier amour

Luana suit du regard sa mère qui quitte la pièce après lui avoir souhaité bonne nuit. Il n'est pas loin de 22 heures, elle est assise sur son canapé, Tanguy couché tout contre elle n'en mène pas large, sans le sang froid de l'inconnu et la parfaite maîtrise de son véhicule il serait probablement grièvement blessé à l'heure qu'il est, voire pire. Sa maîtresse lui doit une fière chandelle, penaud le chien les observe à tour de rôle, quelque chose lui échappe dans l'attitude de ces deux-là.

Tout a commencé aux alentours de 20 heures lorsque l'on a frappé à la porte et que Françoise s'est précipitée pour ouvrir et a appelé sa fille d'une voix comme altérée par une trop forte émotion. Celle-ci s'étant ruée hors de son appartement prête à entendre le pire se trouva face à Béranger, son premier amour de jeunesse, maintenant d'une main ferme Tanguy qu'il s'empressa de relâcher lorsqu'elle parvint à sa hauteur. Celui-ci expliqua que la médaille au cou du chien avait permis de l'identifier alors qu'il déambulait sur les hauteurs du village, il avait eu un choc lorsqu'il avait pris connaissance de l'identité de sa propriétaire et s'était empressé de le ramener puisque l'adresse était également mentionnée sur la plaque.

La situation était si improbable que Luana prit le parti d'en rire, ce qui eut pour effet de détendre immédiatement l'atmosphère. Françoise lui proposa d'entrer, persuadée qu'il déclinerait et ressortirait de leurs vies aussi rapidement qu'il était réapparu, c'était sans compter sur sa fille qui le pria d'entrer et insista pour lui offrir à boire.

Ils passèrent le reste de la soirée à discuter, Luana apprit qu'il était divorcé et père d'une adolescente de seize ans prénommée Kim qui l'attendait chez des amis à quelques rues de là elle éluda la question lorsqu'il lui demanda si elle était mariée et avait des enfants et rebondit en évoquant avec humour leurs années de lycée puis de faculté. Ils rirent de bon cœur sous le regard dubitatif de Françoise qui s'interrogeait sur la capacité de résilience de sa fille. Les épreuves endurées lui avaient-elles fait perdre la mémoire au point d'oublier que ce garçon l'avait jadis abandonné pour une autre et sans le moindre scrupule.

La fatigue ayant raison d'elle l'obligea à regagner ses appartements, elle ne trouverait probablement pas le sommeil tant qu'elle n'aurait pas entendu la porte d'entrée se refermer.

Loin de ces considérations, sa fille et son ex-fiancé poursuivirent leur conversation.

C'est lorsque Luana en vint à évoquer les circonstances du décès de son père que Béranger se lâcha, il n'avait jamais pu oublier ces années de complicité, lui qui n'avait jamais eu la chance de connaître son père en avait trouvé un substitut en Louis, il exprima de sincères regrets pour sa conduite passée, avoua s'être conduit de manière abjecte avec sa fiancée, s'être comporté comme un mufle, un salopard et l'avoir amèrement regretté. Il ajouta qu'il aimerait bien qu'ils se donnent une nouvelle chance, si elle était libre et si elle ressentait la même chose que lui.

Luana embarrassée ne sut trop quoi rétorquer, si les excuses et les regrets formulés par Béranger semblaient sincères ils arrivaient toutefois bien trop tard, les expériences douloureuses qu'elle avait vécu avaient fait d'elle une autre femme et cette évocation de cet amour brisé la toucha mais sans l'émouvoir plus que ça, la page était tournée depuis si longtemps, la nostalgie ne suffirait pas à rallumer la flamme, elle songea à Côme qui l'avait probablement relégué au rang de souvenir et cette pensée la foudroya jusqu'au plus profond de son être.

29 juillet, le repas vient de s'achever, Luana et Françoise prennent congés de leurs hôtes, un couple de marseillais quinquagénaires qui ont fait le choix quatre ans auparavant de déserter la cité phocéenne pour retaper un ancien moulin à la sortie du village. Donner une nouvelle jeunesse à celui-ci leur a toutefois pris deux années mais le résultat est à la hauteur de l'investissement.

Au rez-de-chaussée se trouve une petite boutique artisanale, on y trouve des savons, des huiles essentielles, des parfums, des bijoux, entièrement réalisés par Catherine la propriétaire des lieux.

Un escalier en colimaçon conduit à l'atelier de cette dernière, il est ouvert au public et propose des cours d'initiation à différentes techniques.

Patrick son époux a fait carrière dans l'armée, plus âgé que sa compagne il est désormais retraité et passe son temps libre à la pêche et au tennis, ses passe-temps favoris, il donne aussi un coup de main au magasin à l'occasion lorsque sa femme l'y autorise, ajoute-t-il en riant.

Ils logent dans une petite maison avec jardinet à seulement quelques rues de celle de Françoise, juste à côté du cinéma. Lorsque Béranger a souhaité leur présenter ses amis, Luana et sa mère ont tout d'abord décliné l'invitation puis ont finalement cédé pour ne pas froisser le couple de commerçants qui souhaitaient faire leur connaissance.

Le courant est tout de suite passé entre Kim et les deux femmes, l'adolescente et Luana ont de longues conversations et semblent partager de nombreux points communs, Béranger est aux anges, Luana craint qu'il ne se serve de cette complicité pour la reconquérir, elle a pourtant été très claire avec lui dès le premier soir en évoquant Côme qu'elle espère voir un jour revenir vers elle mais a précisé être partante pour lui faire découvrir la région qu'il ne connaît que très peu ayant quitté le Sud dès son mariage pour ouvrir un cabinet dentaire à Lyon.

12 août, Béranger et Kim sont venus faire leurs adieux à Luana et à Françoise, dans quelques heures ils rentrent sur Marseille. La jeune fille s'envole d'ici deux jours de l'aéroport de Marignane pour Calvi, Louise sa mère s'est installée sur l'île de beauté depuis quelques années abandonnant sans sourciller la garde de sa fille à son ex-époux. Remariée avec un restaurateur, avec lequel elle a eu une autre fille, elle ne se manifeste guère selon Béranger qui s'en est ouvert à son ancienne fiancée.

Luana n'a rien dit, n'a fait aucune réflexion désobligeante sur la belle cambodgienne sans scrupules qu'elle avait plusieurs fois croisé à la fac dentaire lorsqu'elle venait attendre son amoureux, elle prend sur elle au prix d'un immense effort pour ne rien laisser paraître mais la plaie qu'elle croyait cicatrisée saigne à nouveau. Sans Louise il n'y aurait pas eu de Anto Banski ni ces années de calvaire en Croatie, Béranger et elle se seraient vraisemblablement mariés.

Le père et la fille ne s'éternisent pas, ils doivent rentrer, finir leurs valises et prendre congé de leurs hôtes. Luana les accompagne jusqu'à leur voiture garée devant la porte, Françoise souffrant d'une tendinite au mollet est restée au premier étage. Tanguy est intenable depuis quelques minutes il ne cesse d'aboyer en direction de la porte, sa maîtresse redoutant une nouvelle fugue n'a pas d'autre choix que de le renfermer dans l'appartement.

Kim est un peu chagrinée de les quitter, elle a confié aux deux femmes appréhender les retrouvailles avec sa mère mais plus encore avec sa demi-sœur qu'elle avoue détester cordialement. Luana s'est contentée de sourire mais lui a donné son numéro de portable ainsi que son adresse mèl en précisant qu'elle pourrait ainsi la contacter si nécessaire.

Béranger l'a chaleureusement remerciée pour son accueil et pour lui avoir pardonné ses erreurs du passé, Luana a souri sans rien répondre et l'a embrassé sans arrière-pensée, son ex amoureux n'a pas pu toutefois s'empêcher de lui apposer un baiser fougueux sur les lèvres avant de s'engouffrer dans la voiture tandis que Kim agitait les bras à la portière en direction de Françoise qui ne lui répondait pas, trop occupée à observer l'homme qui en retrait à quelques mètres de là observait attentivement la scène qui se déroulait devant lui avec l'impression de vivre un cauchemar.

Luana ne s'étant aperçue de rien regagna l'intérieur dès que la voiture eut disparu, qu'elle ne fut alors sa surprise de trouver sa mère très agitée qui n'arrivait pas à trouver ses mots, elle paniqua redoutant un AVC, Françoise reprenant son calme parvint à expliquer à sa fille les raisons de son malaise.

Luana abasourdie se précipita néanmoins à la fenêtre espérant qu'il ne soit pas trop tard, elle dut malheureusement se rendre à l'évidence, il s'en était allé sans se retourner, ayant probablement acquis la certitude qu'il avait été remplacé.

20 août, Magali est de mauvaise humeur, non content de lui avoir imposé ces derniers mois deux nouvelles employées, Coraline et Amélie, deux gamines qui ne cessent de glousser bêtement, voici que Côme semble se désintéresser complètement de la ferme, quelle mouche le pique donc, encore un chagrin d'amour comme d'habitude marmonne-t-elle sans se rendre compte qu'elle provoque des fous-rires à peine contenus des deux jeunes filles.

Lorsqu'elle a voulu en savoir plus sur la disparition subite de la gouvernante, Côme s'est contenté de hausser les épaules et de quitter la pièce en claquant la porte, Magali s'est alors rendue jusqu'à Gonfaron pour parler à Manuella la cousine de cette dernière pour en savoir un peu plus, elle en est revenue bredouille, une sorte d'omerta semble régner autour de sa disparition, tout au plus a-t-elle pu obtenir que Rose a quitté la région avec toutes ses affaires et sans laisser d'adresse.

Très tôt ce matin, trois hommes sont arrivés à la ferme, costume de pingouin, pompes impeccablement cirées, attaché-case rutilant, des hommes d'affaires, plutôt des banquiers a-t-elle songé, Magali arrive à reconnaître la profession des gens rien qu'en regardant leurs tenues, ce qui amusait encore Côme il n'y a pas si longtemps.

Elle en a conclu que le patron avait probablement des projets de rénovation, d'achats de matériel pour faire tourner l'entreprise bref qu'il avait besoin d'emprunter de l'argent, ça ne l'a pas surprise plus que cela.

Il n'est pas loin de 11 heures, Côme déambule depuis plus d'une demi-heure dans la propriété suivie par ses visiteurs, Magali exaspérée s'est éclipsée lorsqu'ils se sont introduits dans l'atelier de fabrication des fromages, elle n'a pas vraiment le cœur à jouer les employées modèles, le regard courroucé que lui a lancé son patron au passage ne l'a pas troublée plus que ça, elle a prévu d'aller le voir chez lui tout à l'heure pour exiger une explication au sujet de la disparition suspecte de Rose.

14 heures, leurs éclats de voix ont perturbé le bon fonctionnement de la ferme, tous les employés ont l'oreille tendu en direction de la maison du patron, certains goguenards, d'autres plus inquiets s'interrogent d'autant plus que les rumeurs vont bon train dans le coin depuis quelques semaines, le patron aurait décidé de liquider la ferme, l'atelier de production des fromages ainsi que l'écurie et de partir s'établir en Italie.

Les yeux braqués sur la grande bâtisse tous échangent des regards qui en disent long, Magali va être la première de la liste, crier ainsi sur le patron, faut oser quand même, il est bien gentil le jeune Sournin comme on l'appelle au village mais il a un caractère bien trempé, pas le genre à se laisser manquer de respect.

La porte s'ouvre violemment les faisant tous sursauter, c'est une Magali hors d'elle qui en franchit le seuil, Côme sur ses talons qui lui crie

— Bon vent, tu recevras tes indemnités par courrier, ne t'avise plus de remettre les pieds ici

Ebahis, tous retiennent leur souffle, ils n'en reviennent pas, ils semblaient pourtant bien s'estimer ces deux-là, que leur arrivent-ils, d'abord Rose, comme une mère pour le patron, l'éminence grise comme la surnommait les gens du village, évaporée du jour au lendemain sans la moindre explication, et maintenant la responsable des ateliers de production qui était virée de manière fort abrupte, il y avait là matière à s'interroger.

Magali s'engouffre dans sa voiture et démarre en trombe manquant écraser l'un des chiens de Côme sous les huées des employés interloqués.

Ce qu'ignore Côme c'est que la femme s'estimant injustement traitée n'a pas l'intention d'en rester là, se rendre à Besse-sur-Issole pour avoir une explication avec Luana qu'elle estime responsable de la situation fait partie de ses projets.

22 août, la sonnette de l'entrée vient de retentir, il est pourtant bien tôt, neuf heures du matin, Françoise repose sa tasse de café et se dirige tout droit vers la fenêtre de la cuisine qu'elle entrouvre prudemment et se penchant pour mieux voir, aperçoit une quinquagénaire rousse de forte corpulence qui se tient devant la porte, interloquée la mère de Luana ne tarde pas à l'interpeller

— Bonjour madame, je peux savoir ce que vous désirez ?

La femme recule de quelques pas et relève la tête pour mieux voir son interlocutrice

— Bonjour madame, je souhaiterais parler à Luana.

— Ah je suis désolée, ce ne sera pas possible ma fille s'est absentée quelques jours, je peux lui faire une commission si vous voulez.

— Vous êtes sa mère, j'imagine ? Si vous aviez la gentillesse de me laisser entrer je pourrais mieux vous expliquer les raisons de ma visite.

Françoise hésite, le ton de la femme ne lui dit rien qui vaille, son visage est fermé, elle perçoit une tension, une colère contenue mais la curiosité l'emporte sur la prudence, elle lui demande de patienter quelques secondes, le temps de passer un peignoir...

26 août, le taxi vient de déposer Luana devant la maison, le chauffeur l'a accompagnée jusqu'à sa porte et a pris congé, Françoise est descendue accueillir sa fille qu'elle a trouvé plutôt abattue elle a alors estimé qu'il s'avérait plus prudent de lui épargner tous types d'émotions. Elle lui parlerait de la visite surprise de Magali et de ses indécentes accusations lorsqu'elle aurait récupéré des forces, rien ne pressait d'autant plus qu'elle avait remis en place la furie et défendue sa fille comme une lionne.

Louise a appelé Luana la veille au soir de Quimper où Adrien et elle passent leurs vacances, elle a été navrée d'apprendre que celle-ci se trouvait à l'hôpital de Brignoles depuis trois jours et avait subi l'ablation de l'appendice, elle s'est presque excusée qu'Adrien et elle ne puissent pas aller la chercher.

    Luana touchée l'a remerciée, l'accueil lui appellerait un taxi, qu'ils profitent bien de leurs vacances et qu'ils ne se fassent pas de soucis, l'intervention s'était très bien passée, ils se verraient dès leur retour.

Chapitre 20 - Des retrouvailles inespérées

30 août, Françoise vient de terminer son récit, sa fille quoique sidérée l'a écouté religieusement et sans l'interrompre, ainsi cette Magali qu'elle avait croisée quelquefois à la ferme de Côme et avec laquelle elle n'avait échangée que quelques mots, avait poussé l'indécence jusqu'à venir frapper à sa porte pour lui attribuer la responsabilité des décisions que prenait son employeur, ça dépassait l'entendement.

La mère de Luana ne s'est toutefois pas laisser impressionner par la femme vociférante qui lui faisait face et lui a démontré l'absurdité de ses propos avant de la saisir fermement par le bras pour la jeter dans la rue en lui signifiant qu'elle porterait plainte contre elle si elle avait le toupet de revenir débiter une fois de plus son tissu de mensonges et d'insanités.

Luana ne s'attarde pas plus sur l'attitude de Magali, vraisemblablement la femme avait cru pouvoir trouver un défouloir, un bouc émissaire et s'est heurtée par la force des choses à Françoise qui ne s'en est pas laissé compter, elle-même aurait vraisemblablement réagi de la même manière ce jour-là.

Elle songe à appeler Côme sur son portable, peut-être qu'il ne décrochera pas, pire, bloquera son numéro, ou lui raccrochera au nez. Aucun des scénarios qu'elle échafaude sur la manière de le contacter ne lui convient.

Françoise, dans la confidence préconise pour sa part une discussion franche, les yeux dans les yeux, le seul moyen selon elle de lever les doutes, les ambiguïtés et savoir où ils en sont réellement et si leur histoire est définitivement terminée.

31 août, Luana ayant cogité durant des heures sans parvenir à trouver le moindre repos se trouva un peu plus inspirée le matin revenu, car si la nuit porte conseil, ce n'est qu'à l'aube que l'évidence s'imposa à elle, elle allait proposer un rendez-vous à Côme en lui envoyant un texto.

Ce moyen de communication si impersonnel soit-il, lui éviterait les bafouillages au bout du fil, elle n'est jamais à l'aise au téléphone, ça lui permettrait également d'être éclairée sur les intentions de son interlocuteur s'il ne prenait même pas la peine de lui répondre.

Elle a parfaitement conscience de l'enjeu de sa démarche, elle joue sa dernière carte, la seule qui lui reste pour s'expliquer et peut-être repartir sur de nouvelles bases s'il le souhaite autant qu'elle.

Peut-être ne lui répondra-t-il pas ou pire l'insultera, lui dira d'aller au diable, qu'il ne l'aime plus, quoique terrifiante cette hypothèse la galvanise un peu, s'il faut en passer par là, elle est prête à tout entendre, tout plutôt que vivre avec des regrets.

Une heure plus tard son message est prêt à être envoyé, elle prend la peine de le relire plusieurs fois afin de ne rien rater, prend une grande inspiration puis appuie sur le bouton d'envoi, ça y est les dés sont jetés, il n'y a plus qu'à attendre en croisant les doigts pour qu'il réponde.

Côme
Je voudrais te voir pour te parler de ce qui s'est passé à Vérone, clarifier les choses, j'ai paniqué, réagi stupidement, mais certaines choses m'avaient heurtée, j'aurais dû te donner une explication mais je n'ai pas pu et le regrette ! Aujourd'hui je suis prête à le faire !
Je serai ce dimanche à 15 heures à Gonfaron, je t'attendrai sur le banc, celui où l'on s'est assis la première fois...
Ne me réponds pas tout de suite s'il te plaît laisse-moi encore un peu espérer, j'y serai de toute manière et si tu ne viens pas, je saurais...
Je t'embrasse
Luana

Dimanche 4 septembre : 14 h 45, Adrien, Louise et Françoise l'ont déposée à l'entrée du parc, ils la regardent s'éloigner un peu tendus, elle a décliné fermement la proposition de son cousin qui consistait à se garer discrètement sur le parking de l'autre accès et leur a suggéré de retourner à Besse, elle les appellera lorsqu'elle devra rentrer, après tout Gonfaron n'est qu'à une vingtaine de minutes de leur lieu de vie.

Françoise n'était pas d'accord mais a cédé devant l'insistance de sa fille et puis Adrien a affirmé que ça ne le dérangerait pas de revenir la chercher.

Luana pour sa part espère encore que ce soit Côme qui la ramène mais la partie est loin d'être jouée. Elle a presque sauté de joie hier lorsque son téléphone a enfin vibré et qu'elle a pris connaissance de sa réponse, ces trois journées durant lesquelles elle n'avait cessé d'espérer l'avaient stressée au plus haut point, et voilà qu'au moment où elle n'y croyait plus, il se manifestait enfin.

J'y serai, nous devons parler, nous parler, c'est une évidence
Côme

Luana ne s'était pas attardée sur la teneur du message, certes il était bref et dénué de chaleur mais il n'avait pas refusé et c'était la seule chose qui lui importait.

Dix minutes déjà qu'elle est assise sur le banc, quelques promeneurs la dévisagent au passage sans s'attarder, certains la reconnaissent et viennent la saluer, elle se force à échanger quelques banalités avec eux les yeux fixés sur la grande allée, il devrait arriver par là.

15 h 10, Luana, les yeux toujours fixés sur la grande allée, commence à désespérer de voir apparaître Côme, de son banc, elle contemple la petite étendue d'eau, sorte de retenue où viennent parfois pêcher les habitants du village, les souvenirs affleurent douloureusement, elle repense à la première fois qu'ils se sont assis à cette même place, Tanguy couché à leurs pieds, elle refoule tant bien que mal les larmes qui voudraient s'échapper de ses yeux et s'apprête à faire quelques pas pour dérouiller sa jambe qui commence à se manifester douloureusement lorsque deux énormes boules de poils déboulant à toute allure manquent la faire tomber, elle se laisse choir sur le banc un peu affolée, elle a failli se faire très mal, elle jette un œil agacé sur ses assaillants, un berger belge et un labrador qui continuent à lui faire fête, une voix dans son dos qu'elle reconnaît sur le champ rappelle les animaux, Luana se retourne et aperçoit leur maître qui se dirige vers elle, elle se traite d'idiote, faut-il qu'elle soit stressée pour ne pas avoir reconnu Ulysse et Sultan, les chiens de Côme.

Il l'a rejointe rapidement et prend le temps de lui expliquer qu'un accident sur la route des Mayons l'a contraint à faire un détour, d'où son retard, Luana déconcertée par cette entrée en matière ne trouve rien à répondre, elle constate avec inquiétude que l'expression de son visage ne laisse percevoir aucune émotion, il s'assoit à côté d'elle en laissant suffisamment de distance pour éviter de la frôler.

Les chiens se sont un peu éloignés et se sont couchés sur le petit ponton à l'ombre, indifférents à ce qui se joue à quelques mètres d'eux. Côme regarde fixement devant lui, il semble attendre, seul le mouvement de ses doigts qui s'agitent le long de ses jambes témoignent de son impatience, il est si remonté qu'il ne lui facilitera pas la chose, elle en a bien conscience, elle doit plaider sa cause au mieux, être son propre avocat, le parallèle entre cette situation et les interminables audiences lors de son procès en Croatie jadis manque de la faire défaillir, elle se sent oppressée comme si elle devait s'extraire d'un train en marche tout en essayant d'éviter la chute fatale ! Pourvu qu'il l'écoute jusqu'au bout...

— Lorsque tu m'a proposée de partir avec toi à Milan lors de ce week-end à Monaco, j'étais folle de joie mais peu à peu ce voyage a pris une tournure inattendue, ton attitude m'a dérangée, j'ai découvert une facette de toi que je ne connaissais pas et j'ai eu peur, très peur, ta colère si justifiée soit-elle envers ta mère te rendait agressif, injuste, malgré les explications de Pia, les circonstances qui ont conduit à ce drame, tu ne voulais rien entendre, j'avais tant de peine pour toi, je te voyais lutter contre tes sentiments et j'espérais qu'à un moment tu rendes enfin les armes et que tu te laisses aller à l'émotion, j'étais prête à te consoler, t'apaiser mais tu ne voulais rien entendre, et même lorsque Pia gisait sur le sol tu es resté de marbre et puis il y a eu Bergame et cette maison dans laquelle je nous imaginais couler des jours heureux mais dans ce tableau idyllique il manquait quelque chose de très important, des enfants qui nous ressembleraient et que nous ne pourrions jamais avoir et j'ai commencé à douter sérieusement du devenir de notre relation, avais-je le droit de te priver d'une descendance, de t'imposer mon handicap mais tu as tranché la question puisque cette maison tu la refusais et c'était ton droit le plus légitime mais sur le moment je ne l'ai pas accepté.

Luana s'interrompt, son portable vibre, un message, Adrien qui veut savoir si tout se passe bien, elle tape NICKEL rapidement en espérant que ça lui suffise, Côme n'a pas bronché, tout juste tressailli lorsque la sonnerie a retenti, il rappelle les chiens qui commençaient à s'éloigner, elle hésite à reprendre, cet intermède ne facilite pas les choses, contre toute attente c'est lui qui le lui suggère.

— Ne pas avoir décliné Vérone reste mon plus gros regret, la raison est simple pourtant, j'aurais dû y passer mon voyage de noces, il y a presque vingt ans mais mon amoureux de l'époque qui se prénommait Béranger a décidé de se marier avec une autre et de l'y emmener à ma place.

— Je suis désolé d'apprendre cela aujourd'hui, tu aurais peut-être pu m'en parler un peu avant, ça m'aurait évité cette humiliation.

— Côme, je t'assure que je croyais avoir oublié tout ça, j'avais l'impression que ma vie avait commencé à Zagreb lorsque Anto m'a emmenée avec lui et qu'il m'a présentée à Monika.

— Tu ne m'as jamais raconté dans quelles circonstances vous vous étiez rencontrés.

— J'étais bénévole dans une association à Marseille, Terre de Croatie, je rêvais de découvrir ce pays depuis mon adolescence et l'occasion se présenta sous les traits d'Anto Banski, directeur de musée et conférencier que je croisais un jour dans les locaux de l'association, Elena sa cousine en était la présidente. Il me fit une cour insistante à la limite de l'indécence, il était séduisant, instruit, le double de mon âge et j'avais besoin d'être consolée, tu connais la suite.

— Tu l'as suivi pour oublier Béranger en fait, tu ne parles pas d'amour me semble-t-il.

— Il s'est trouvé là au bon moment oui, pour mon plus grand malheur par la suite mais j'ai autre chose à te révéler, quelque chose qui je l'espère te permettra de mieux comprendre ma réaction à Vérone.

— Est-ce vraiment utile de revenir là-dessus.

— Si tu me laisses aller jusqu'au bout, tu verras bien que oui.

— Soit, vas-y.

« *J'avais fini par me construire une vie à Zagreb, j'avais un travail, un compagnon et une fille adoptive avec laquelle j'avais tissé des liens que je croyais indéfectibles, ils me permettaient de supporter la tyrannie et la brutalité de son père que je haïssais chaque jour un peu plus.*

Et puis un jour Anto a décidé de partir s'installer à Dubrovnik, un poste important lui était proposé, il était si impatient, si excité, il nous a obligés à tout quitter pour nous installer dans une ville où nous ne connaissions personne.

C'est Monika qui le vécut le plus mal, changer d'école, perdre ses camarades, c'était horrible pour une enfant si sensible, je souffrais de la voir si triste, si désemparée d'autant plus que son père ne la ménageait pas, se moquant d'elle dès qu'il en avait l'occasion et il ne s'en privait pas quand qu'il la surprenait en train de pleurer.

Mais Anto tenait plus que tout à sa façade de respectabilité, nous devions sans arrêt nous rendre à des cocktails, des vernissages où toute la bonne société croate se pressait, ses nouvelles fonctions l'y contraignaient et il se devait de donner l'image d'un bon père, d'un bon époux, Monika et moi appréhendions tout particulièrement ce type d'évènements, il nous exhibait comme des trophées, nous devions nous contenter de sourire, de remercier, de dire combien nous avions de la chance, c'était indécent, ridicule mais il fallait se plier à ce rituel sous peine d'aggraver notre sort comme il n'avait de cesse de nous le seriner.

Et puis un soir que nous étions conviés tous les deux à une soirée chez un haut fonctionnaire j'ai été interpellée par l'épouse d'un diplomate qui semblait étonnée du fait que nous ne soyons pas mariés, j'ai fait mine de ne pas l'entendre mais son époux a surenchéri, rapidement suivi par le reste de l'assemblée qui semblait s'amuser de cette situation.

Anto, piqué au vif, s'est mis à genou devant moi sous les applaudissements et les encouragements des spectateurs m'a demandée de l'épouser.

Une piqûre de serpent que ne m'aurait pas fait plus paniquer, je détalais à toutes jambes et me précipitais à l'extérieur sous les éclats de rire de l'assistance plantant ainsi mon compagnon, je ne réalisais pas à ce moment-là que les représailles seraient terribles l'affront que je lui avais infligé devant témoins ne resterait pas impuni.

C'est lorsque j'arrivais épuisée après plus d'une demi-heure de marche devant la maison que j'aperçus sa voiture, pourvu qu'il ne s'en soit pas pris à Monika, je m'apprêtais à en franchir le seuil lorsque je reçus un coup dans le dos d'une telle violence que je perdis connaissance.

Je repris connaissance dans une chambre d'hôpital, j'avais été trouvée inconsciente à quelques rues de mon domicile, trois jours auparavant, on m'avait plongée dans un coma artificiel pour m'empêcher de souffrir je souffrais de contusions multiples, j'avais été rouée de coups, j'avais deux côtes cassées, une partie de la mâchoire abîmée, de multiples hématomes.

On m'informa que mon compagnon inquiet de ne pas me voir arriver était venu à ma rencontre et m'avait découverte gisant à même le sol, mon sac m'avait été dérobé ainsi que les bijoux que je portais ce soir-là, c'est lui qui m'avait déposée aux urgences. Je sus dès cet instant qu'il était le responsable de mon état, il m'avait attendue, dissimulé à l'intérieur du véhicule et m'avait agressée lorsque je franchissais la porte de la résidence.

La police m'interrogea, je ne pus leur fournir aucune information puisque je ne me rappelais rien, je ne pouvais pas non plus accuser Anto sans preuves, on m'aurait traité d'hystérique, parlé de traumatisme, de confusion probablement dus au choc, je fus contrainte de garder le silence, je pleurais de douleur mais aussi de rage lorsque je me retrouvais seule.

Anto jouait son rôle à la perfection, se rendant à mon chevet tous les jours, ma chambre était envahie de fleurs, de chocolats, de peluches, les infirmières étaient sous son charme, m'enviait, si seulement elles avaient pu voir l'envers du décor. Il m'emmenait aussi Monika tous les soirs après l'école, son petit visage triste me bouleversait, je la serrais contre moi lorsque je le pus et lui murmurais que j'allais bientôt rentrer à la maison, qu'il fallait qu'elle ait du courage, parfois mes larmes se mêlaient aux siennes, son père faisait mine de consulter son téléphone dans ces moments-là où nous faisait parfois la faveur de sortir de la chambre, mais c'était plutôt rare.

Les heures sont interminables à l'hôpital et j'avais beaucoup de temps pour réfléchir, j'avais fort étrangement subi le même genre d'agression, moins violente mais tout aussi traumatisante à Zagreb un soir que je sortais de mon travail, là aussi la police avait conclu à un rôdeur, et Anto s'était comporté de la même manière, un quasi copié-collé de ce que je vivais aujourd'hui, faisant preuve d'une sollicitude déconcertante. Je n'en ai compris la raison que bien plus tard de cette expédition vengeresse, j'avais refusé de lui faire un enfant prétextant que ce n'était pas le moment pour quitter un emploi dans lequel je m'épanouissais, dans son esprit malade, tourmenté, une idée avait germé, m'agresser en misant sur le fait que je développerais une phobie ne me permettant pas de retourner à l'endroit où cela s'était produit fut un coup de maître, je démissionnais mais continuais toutefois à prendre la pilule sans le lui dire, être enceinte m'aurait obligée à rester avec lui et je n'avais pas renoncé à m'enfuir avec Monika.

Trois mois de convalescence me furent nécessaires, nous devions entreprendre un voyage en Ecosse en juillet et je savais qu'il ne partirait pas sans nous. »

— Je comprends mieux ta réaction à Vérone, j'ai plutôt honte de m'être comporté comme un sombre crétin, si seulement tu m'avais raconté, je me serais bien gardé de te refaire vivre ça je te l'assure mais ça n'excuse en rien mon attitude et surtout les horreurs que je t'ai dites cette nuit-là, je ne vaux pas mieux que lui finalement !

— Non, tu te trompes, tu n'as rien à voir avec un pervers narcissique, un manipulateur, tu es quelqu'un de bien, peut-être un peu excessif, emporté mais je t'aime Côme malgré ta maladie qui me fait un peu peur, si seulement tu acceptais de te soigner, de faire une thérapie.

— J'ai bien réfléchi tous ces derniers mois et j'ai pris une grande décision, je vais reprendre mon traitement et faire une thérapie comportementale, j'ai réalisé que mon attitude en Italie durant ce séjour avait pu te déranger, te blesser et c'est là pourtant la dernière chose au monde que je souhaite, j'ai ouvert les yeux et réalisé quel sinistre individu j'étais en train de devenir et je me suis fait la promesse de tout mettre en œuvre pour m'améliorer, pour être digne de toi

Côme, la voix altérée par l'émotion s'interrompt, il semble ailleurs, le regard fixé sur l'horizon, Luana l'incite à poursuivre, il lui confesse alors que ces derniers mois furent particulièrement riches en émotions, leur rupture tout d'abord puis la remise du journal intime de sa mère par sa compagne, journal qu'il refusa catégoriquement d'emporter dans un premier temps mais, c'était sans compter sur la pugnacité de la compagne d'Alessandra qui insista jusqu'à que résigné il le jette sur le siège arrière du break avec la ferme intention de le détruire dès que l'occasion se présenterait.

Confronté à un dilemme il passa par différents états tout au long de la nuit qui suivit, au matin il décida de passer outre ses réticences et entreprit de se plonger dans la lecture du-dit cahier sans se douter un seul instant qu'il ne serait plus jamais le même après l'avoir lu.

Il reconnaît alors avoir très mal jugé cette mère qui restera selon ses propres termes une quasi étrangère pour lui puisque exclue de sa vie lorsqu'il n'avait que huit ans mais il ne la condamne plus, les phrases, les mots qu'elle couche sur le papier qui resteront à jamais gravés dans sa mémoire témoignent d'une vrai souffrance, d'un vrai désarroi, il a imaginé ses larmes sur le papier taché, senti la douleur de l'absence de l'enfant aimé, une révélation pour lui d'une violence inouïe, il s'est enfin senti le fils de sa mère, cette mère qui aspirait à leurs retrouvailles mais qui n'a pas été de taille avec sa maladie pour affronter la violence de son mari.

Luana l'écoute religieusement, quel abominable gâchis songe-t-elle, si l'on pouvait avoir plusieurs vies on ne referait pas les mêmes erreurs mais c'est ainsi, elle éprouve une immense peine pour la mère et le fils tous deux victimes de ce destin qui s'acharna sur eux, Côme aura besoin d'elle pour se reconstruire après une telle épreuve mais sa présence à ses côtés n'est pas forcément l'option qu'il envisage.

Comme s'il lisait dans ses pensées l'homme s'est tourné vers elle et l'observe attentivement, elle retient son souffle, se prépare à l'inévitable et ferme les yeux pour qu'il ne voit pas l'angoisse qui l'étreint.

Quelques minutes s'écoulent, rien ne se passe, Luana étonnée se décide à entrouvrir les yeux, Côme s'est éloigné de quelques mètres, accroupi sur le sol il fait mine de caresser les chiens tout en lançant des regards dans sa direction, à sa place sur le banc repose une petite boîte en cuir de couleur rouge que la jeune femme reconnaît immédiatement, elle s'en saisit d'une main peu assurée et l'ouvre sans plus attendre.

Une petite carte soigneusement pliée en quatre est posée à l'intérieur et repose sur une bague surmontée d'une émeraude, le cœur battant la chamade elle commence à lire :

— *Consentirais-tu à m'épouser ?*

Epilogue

Bergame, mai 2016, il fait déjà si chaud pour la saison qu'ils vont dresser la table dans le jardin, Françoise prépare les chambres des invités, ils devraient arriver aux alentours de 20 heures si les horaires des vols sont respectés. Luana est très impatiente de revoir Louise et Adrien, ils lui ont tant manqué depuis leur départ de Besse, de plus l'épouse de son cousin a quelque part contribué à leurs retrouvailles en prenant l'initiative de contacter Côme la veille de leur rendez-vous pour lui parler de Béranger afin d'apaiser les tensions dus à ce regrettable quiproquo.

Pia et sa fille Paola sont conviées au dîner de ce soir, Luana leur a proposé de rester dormir, il faut une heure trente environ pour venir de Torri del Benacco, pas question de les laisser rentrer de nuit.

Côme s'est finalement décidé à accepter cet héritage, Luana n'aurait pas rêvé plus beau cadeau de mariage. Ce dernier s'est déroulé à la mairie et à l'église de Gonfaron comme le souhaitait la future mariée, une cérémonie simple suivie d'un repas dans un restaurant gastronomique de Vidauban, petite commune à quelques kilomètres.

Un bonheur n'arrivant jamais seul, une lettre de Monika est arrivée au courrier il y quelques semaines, Luana ayant pris soin de faire suivre le courrier a décacheté l'enveloppe fébrilement et a manqué s'évanouir submergée par l'émotion.

La jeune fille faisait son mea culpa, regrettant son attitude à Zadar et lui demandant de lui pardonner, elle l'informait également de sa rupture avec son compagnon et de sa grossesse estimée à trois mois. Luana folle de bonheur lui avait immédiatement répondu pour lui proposer de venir la rejoindre à Bergame

Côme a été contrarié lorsqu'il a appris la nouvelle, ce n'est pas forcément ainsi qu'il envisageait sa nouvelle vie avec Luana mais il ne veut pas blesser sa compagne, il n'est pas sans ignorer le fait que Luana ne pourra jamais complètement s'investir dans leur relation tant que sa fille adoptive et elle seront séparées.

Il a trouvé un repreneur pour la ferme, un agriculteur anglais qui cherchait à s'établir dans la région pour fabriquer des fromages. Le courant est tout de suite passé entre eux, l'homme a promis de garder la totalité du personnel et a le projet d'agrandir les écuries pour accueillir d'autres équidés.

Côme aurait signé le cœur plus léger s'il n'avait pas reçu une lettre d'injures de Magali, cette dernière le maudissant d'avoir renié l'héritage familial et lui affirmant qu'il ne l'emporterait pas au paradis car selon elle, ce méfait ne resterait pas impuni, s'ensuivait une longue tirade sur la manière dont elle avait été traitée, s'en prenant au passage à Luana qu'elle estimait toujours responsable de la situation. Elle se gardait bien toutefois de mentionner la coquette somme d'argent qu'avait viré son ancien employeur sur son compte en dédommagement de sa rupture de contrat. Il a passé sous silence cet incident de crainte d'effrayer sa compagne toujours prompte à réagir et à sortir les griffes dès que l'on s'attaque à lui mais certaines phrases viennent le hanter certaines nuits, il espère que le temps parviendra à les lui faire un peu oublier.

Lorsque la ferme sera vendue il devrait être en possession d'une somme importante qu'il compte utiliser pour mener à bien un projet qui leur tient à cœur Luana et lui, un restaurant gastronomique français dans le centre-ville de Bergame.

L'étude de marché qu'ils ont faite s'est avérée encourageante, ils ont trouvé le local, établi les devis pour les travaux.

Ils prévoient également d'engager du personnel pour servir en salle Côme a passé des annonces et doit recevoir les potentiels candidats d'ici la fin de l'été. Il espère pouvoir ouvrir avant la fin de l'année. Luana a suggéré que Monika pourrait leur donner un coup de main lorsqu'elle aura accouché, Françoise serait ravie de jouer les nounous.

L'avenir semble enfin leur sourire, Luana n'a jamais été aussi épanouie, le retour de sa fille adoptive la comble de bonheur, les années de malheur seront bientôt derrière elles, elle en est convaincue. Seule ombre au tableau, la réaction mitigée de Côme qui ne semble pas partager son enthousiasme à ce sujet ça l'attriste un peu ce scepticisme, elle préfère ne pas s'y attarder, après tout ils en ont vu d'autres, le bonheur est à portée de main, il n'y a qu'à tendre les bras pour l'attraper et ne plus le lâcher.

Dubrovnik, janvier 2003,

— *Monika appelle les secours, dépêche-toi, il respire encore mais il perd beaucoup de sang.*

— *Non, ils vont le sauver et tout recommencera, il nous criera dessus, nous frappera, nous empêchera de sortir.*

— *Ma chérie, calme-toi, je suis sûre que ce n'est pas ce que tu voulais, je leur expliquerais tout et...*

— *Mais tu ne comprends pas, je l'ai poussé exprès Luana, je voulais qu'il meure, il me tuera s'il se réveille, n'appelle pas, c'est notre seule chance, on va pouvoir partir, aller en France retrouver Françoise et Louis.*

- *Tu es devenue folle, la peur te fait délirer, tu n'as pas réfléchi aux conséquences*

— *Luana, s'il revient je me pends dans ma chambre, j'espère qu'il va mourir, je veux qu'il meure, je le déteste.*

— *Monika chérie, tu ne penses pas ce que tu dis. On va trouver une solution.*

— *S'il se réveille, il dira que je l'ai poussé. Je vais aller en prison dis Luana ?*

— *Je te promets que non, je dirai que c'est moi qui suis la seule responsable. Toi tu dormais, tu n'as rien vu !*

— *Luana, je vais prier pour qu'il ne se réveille plus jamais et peut-être que ça va marcher.*

FIN

Chapitres

Chapitre 1 - L'approche..7
Chapitre 2 - L'univers de Côme..14
Chapitre 3 - Le courage de Luana..17
Chapitre 4 - Zagreb (Croatie) 1998...19
Chapitre 5 - Je t'aime moi non plus..23
Chapitre 6 - Un drame inattendu..25
Chapitre 7 - La vie malgré tout...30
Chapitre 8 - La vie à Dubrovnik..40
Chapitre 9 - De nombreuses zones d'ombre..............................46
Chapitre 10 - Un courrier inattendu...51
Chapitre 11 - Les retrouvailles..57
Chapitre 12 - Un secret pesant...64
Chapitre 13 - Les secrets de Côme...72
Chapitre 14 – Départ pour Milan..76
Chapitre 15 - La vraie vie d'Alessandra.......................................81
Chapitre 16 - Pia Brunetti..88
Chapitre 17 - Une page qui se tourne...101
Chapitre 18 - Les regrets de Côme..107
Chapitre 19 - Tout premier amour..112
Chapitre 20 - Des retrouvailles inespérées................................119
Epilogue...127